KB272238

대치동 1등급 고미정이 망하면

대치동 1등급 고미정이 망하면

대치동 1등급
우신영 장편소설
그미쟁이 망하라
우리학교

1장

암소수학

암소. 이것은 갈빗집 이름인가, 설렁탕집 이름인가. 놀랍게도 학원 이름이다. 뜬금없다고? 아니다. 생각해 보면 암소수학 원장의 리얼리즘적 디테일이 돋보이는 작명이다. 원생들은 한우 등급처럼 네 단계로 깔끔하게 분류된다. A등급에 해당하는 경시반에서부터 차례로 B등급 심화반, C등급 실력반, 등외 등급 일품반. 아, 물론 홈페이지에 명시된 학원명의 의미는 이렇다. 우보천리(牛步千里). 소처럼 우직하게 걷다 보면 서울대에 도착한다는. 오직 SKY 출신, 비흡연자, 남자 강사만 채용한다는 원칙을 고집하면서 왜 수소수학이 아니라 암소수학인지에 대해서는 함구 중.

아홉 살이던 10년 전, 암소고시에서 눈부신 활약을 펼친 고미정은 경시반에 당당히 입성했다. 보름달뿐이던 문제집에 해마다 반달이 많아지더니 기어이 폭우가 내리기 시작했다. 현재 고미정의 성적은 비 맞은 소 그 자체. 다들 불꽃처럼 돌진

하는 투우장에서 헐떡대며 뒤처지고 있는 소꼬리. 즉 우리의 주인공 고미정은 A등급에서 등외 등급으로 강등된 암소라 할 수 있다.

오늘은 10월 10일. 고3 자살 방지 시험이라는 10월 모의고사조차 시원하게 말아먹은 날. 오랜 대치동 생활로 고장 난 앰프 같은 목소리를 갖게 된 강사가 학원에 도착한 고미정을 불렀다. 단원 평가 결과 실력반에서 강급되었다고, 이제 그만 짐을 싸서 일품반으로 퇴장하라고. 소식을 듣자마자 고미정에게 도착한 건 당이 떨어졌다는 생리적 신호였다. 추락한 성적은 올리기 어렵지만 혈당을 올리는 건 5000원이면 가능하다. 설탕물, 설탕물이 필요한 순간이었다.

암소수학 근처에는 무려 다섯 군데의 공차가 있다. 학원가 아이들의 혈관 속엔 이 달콤한 설탕물이 강물처럼 흐른다. 고미정은 암소수학 원장이 이 체인점들의 점주라고 믿고 있다. 그렇지 않고서야 오후 네 시에 시작해 밤 열 시에 끝나는 수업 시간표에 식사 시간을 비워 두지 않았을 리 없다. 15분만 허락되는 외출 시간에 소화할 수 있는 고형식은 드물고, 미션을 해치우려면 고당과 고열량이 필수이니 아이들의 발걸음은 필연적으로 비슷한 곳으로 향했다. 치아 약한 노인들이 뉴케어를 마시듯 이 동네 아이들은 공차를 마셨다.

고미정은 남은 음료를 쭈욱 들이켜 보았다. 바닥에 깔린 마지막 펄까지 쫙쫙 씹어 보았다. 이상했다. 오늘따라 당이 오르지 않았다. 당도 100프로 밀크티로도 부족한 고3의 쓴맛. 뱃속의 허기도 이번엔 설탕물 따위에 속지 않겠다고 자기주장 중이었다. 미션실로 향하려던 발걸음을 살짝 틀었다. 암소수학에서 가장 가까운 편의점, 이마트24. 지난 10년간 고미정의 뼈와 살을 빚어 준 곳이다. 크림빵 공세가 스펙터클한 CU나 전통의 도시락 강자 GS25에 비해 체급이 밀리지만, 몇 발짝 걸을 기력도 없는 고미정은 이곳의 충성스러운 고객이었다.

묻지도 따지지도 않고 컵라면과 봉지라면이 줄지어 있는 간편식 코너로 직행했다. 미정의 동태 같던 눈이 커다랗게 벌어졌다. 없다. 너구리도 있고 신라면도 있고 짜짜로니에 튀김우동까지 있는데 딱 오징어짬뽕만 없었다.

'어쩔 수 없지.'

수학 문제든 일상적인 문제든 풀기 어려운 문제 앞에서는 일관되게 포기가 빠른 고미정이었다. 모친 윤지완이 질색하는 면이기도 했다. 옆 선반으로 눈을 돌렸다. 옹기종기 모여 앉은 레토르트 국, 밥, 죽이 미정을 마주 보았다. 잠시 고민하던 고미정은 그중에서도 가장 맛없게 생긴 컵밥을 집어 들었다.

갑자기 편의점이 시끌시끌해졌다. 어린 생명체들이 난입한 것이다. 과거의 고미정처럼 일찌감치 대치동 라이프를 시작한 아이들. 7세 고시라 불리는 영어 레벨 테스트를 앞둔 유치원생부터 암소고시를 준비하는 초등학생들까지, 10월이면 이 골목은 키즈 카페가 되었다. 미정은 얼른 한 칸 옆으로 가 유제품 코너를 스캔했다. 다행히 있었다. 미피와 콜라보한 커피우유. 고카페인, 고지방, 고유당. 각성과 뱃살과 쾌변 세 가지를 단돈 1800원에 챙길 수 있는 비장의 아이템. 만성 변비인 미정에게는 스타벅스 연유라테나 메가커피 아샷추보다 이 미피 우유가 직방이었다.

"안녕하세요."

아이돌 센터처럼 잘생긴 얼굴, 편의점 조명보다 눈부신 미소, 쾌활하고 다정한 목소리. 미정은 의아했다. 뭐가 저렇게 좋아서 실실 웃는 걸까. 저런다고 시급을 더 주는 것도 아닐 텐데, 지나치게 친절한 알바생들을 이해할 수 없었다.

"네."

안녕하지 않지만 대충 대답한다. '네'가 '아니오'보다 두 글자 적으니까. 그때, 미정의 건조한 눈에 바코드를 찍는 알바의 팔뚝이 불쑥 들어왔다. 단단한 팔뚝과 아이러니를 이루는 유치한 문신. 그건 용도, 장미도 아닌 망고였다.

'뭐야, 저 요상한 타투는.'

망고는 미정이 싫어하는 과일이었다. 왜냐고? 부친인 고길상이 여름마다 백제호텔 망고 빙수를 먹으러 가자고 노래를 부르니까. 뭐 대기업 회장님도 드시는 망고를 썼다나. 미정은 싫단 소리도 못 하고 질질 끌려다녔다. 어릴 땐 늘 집에 없더니 다 크고 나니까 뒤늦게 친한 척하는 부친이 어색했다. 한 시간 웨이팅 끝에 겨우 받아 든 10만 원짜리 빙수가 다 녹도록 인증 샷을 찍던 철없는 속물. 그깟 망고가 뭐라고 저러나 싶었는데 그걸 팔뚝에 새긴 인간도 있다니. 속으로 혀를 차며 미정은 단말기에 체크 카드를 꽂았다. 카드 위에서 샛노란 미니언즈가 웃고 있었다.

'얘도 굳이 웃고 있네.'

"오늘은 오징어짬뽕 말고 미역국밥 드시네요. 혹시 손님 생일이세요?"

흠칫했다. 손님한테 아는 척하는 가게는 질색이었다. 한 달이 멀다 하고 알바가 바뀌는 편의점에서는 여태껏 이런 일이 없었다. 지난 10년간 없던 일이 바로 오늘 일어나다니. 오전엔 모의고사를 망치고, 오후엔 학원에서 강급되고, 밤에는 최애 메뉴를 놓쳤다. 오늘 운세에 여러모로 마가 낀 게 확실했다.

"재고가 없어서요."

미정이 싸늘하게 대꾸했다.

"아, 그랬구나. 다음부턴 앱으로 예약하고 오세요. 이마트24 앱 깔면 재고 확인도 되고 예약도 가능해요."

오지랖이 세렝게티 초원급이었다. 고미정에게는 이렇게 영이 맑고 마음이 드넓은 치들이 에너지 흡혈귀나 다름없었다.

"말씀은 감사한데 스마트폰이 없어서요."

"요새 스마트폰 없는 사람이 어디……."

미정이 손에 든 폰을 흔들어 보였다. 낡은 공부폰이었다.

"바로 여기 계셨네요."

싱글싱글 웃는 알바의 눈길이 미정의 손을 스쳐 지나갔다. 시도 때도 없이 물어뜯어 너덜너덜해진 손톱은 미정의 콤플렉스 중 하나였다. 미정이 얼른 온수기로 향했다. 미역국에 온수를 붓는데 무서운 어린이들이 몰려왔다. 몇 개 없는 간이 식탁을 쟁취하기 위한 자리싸움의 시작이었다. 치열한 의자 앉기 게임, 아니 의자 뺏기 게임. 학교에선 성적 경쟁, 학원에선 승급 서바이벌, 편의점에선 의자 게임을 하느라 이 동네 놀이터에 아이들이 없는 걸까. 배가 고팠지만 민증 받을 나이에 어린이들과 경쟁하긴 민망했다. 순식간에 입맛을 잃은 미정이 미역국밥을 든 채 편의점을 쓸쓸히 빠져나왔다.

"안녕히 가세요."

뒤통수에 꽂히는 알바의 목소리는 여전히 경쾌했다.

'저런 타입이 제일 밥맛 떨어져. 얼굴만 멀끔하면 뭐 해. 쳇. 근데 가까이서 보니까 잘생기긴 했어…….'

편의점을 나오자 갈 데가 마땅찮았다. 10월 둘째 주의 밤공기는 싸늘했다. 시계를 봤다. 아직 5분의 자유 시간이 남아 있었다. 미정은 일단 학원 건물 앞 벤치로 향했다. 기나긴 좌식 생활에 엉덩이 부분이 반들대는 교복 치마를 깔고 앉고 보니 뷰가 최악이었다. 맞은편에 위치한 '스카이 스터디 카페'. 호텔급 시설을 갖춘 대치동 최고가 스카. 엄격한 규칙이 한국사 연표만큼이나 길게 이어졌는데, 노출이 많은 복장을 하거나 이성 교제 적발 시 바로 귀가 조치를 취하사 학부모들에게 별 다섯 개를 받고 있는 곳이었다. 등록을 원하는 학생들, 아니, 학부모들이 폭증하자 사장은 사업적 결단을 내렸다. 3등급 안에 드는 학생만 받아서 수질도 관리하고, 부모들의 애도 더 태우기로. 학원이 감질나게 굴수록 몸이 다는 학부모들이니까. 모의고사 가채점 결과를 보면 미정은 저기서도 곧 쫓겨날 운명이었다.

'명색이 사춘긴데 제 발로 가출은 못 해 보고 온통 쫓겨나기만 하네. 아, 이 동네 애들은 가출을 해도 스카로 하지만.'

미정이 컵밥 뚜껑을 열고 플라스틱 숟가락을 푹 찔러 넣었다. 지구를 생각하면 일회용품 사용도 자제해야겠지만 글쎄, 고미정은 후속 세대 따위에 관심이 없었다. 인간에 대해 알게 될수록 자기 집 개가 좋아진다고 했던 게 마크 트웨인이었나, 오스카 와일드였나. 스파르타논술에서 배웠는데 까먹었다.

미정은 모친 윤지완의 결벽증 때문에 키울 개도 없었다. 강아지 키우면 안 되냐며 쭈뼛대던 미정에게, 멍청하고 손 많이 가는 건 딱 질색이라며 고개를 젓던 윤지완. 그 말 앞에 '너처럼'이 생략되어 있는 것 같아 더 조르지 못했던 고미정. 펫숍 앞을 얼쩡거리며 대리 만족하는 수밖에 없었다. 보면 볼수록 개들은 인간보다 훨씬 무해했다.

'인류 망하라지. 나 포함 다 망해라!'

미정은 부르짖고 싶었다. 그러거나 말거나 컵밥은 지독하게 맛이 없었다. 미정은 뒷면에 적힌 기나긴 원재료명과 아름답지 않은 영양 성분표를 슥 훑었다.

"쳇, 꼭 화학 문제집 같네."

몇 술 뜨는 둥 마는 둥 한 뒤 우유 팩을 열었다. 가느다란 빨대를 꽂아 넣고 입술을 갖다 대자 달콤쌉싸름한 커피우유가 빨려 올라왔다. 실핏줄을 타고 카페인이 퍼져 나가는 게 느껴졌다. 곧 심장 박동이 빨라지고 손끝과 눈꺼풀이 떨려 올 것이다. 공차까지 마셨으니 속도도 빠를 테지. 새벽 네 시에 일어나는 고미정은 초저녁부터 골골거렸다. 하지만 고3의 하루는 끝나지 않으니 수마와의 전투는 매일 벌어졌다.

그렇게 왜 네 시에 일어나냐고? 강아지 동영상을 보기 위함이었다. 인강 보라고 태블릿을 사다 준 모친이 알면 기절하겠지만. 유튜브 영상 속 강아지들은 제각각이었다. 예쁘게 생긴 강아지도, 웃기게 생긴 강아지도 있었다. 똑똑한 강아지도, 문제아 강아지도 있었다. 하지만 나름대로 다 귀여운 구석이 있었다.

그러면서 꿈 없던 미정에게 희미한 바람이 생겼다. 책을 읽고 강아지를 키우며 살고 싶었다. 책은 무용한 것들로만 골라서, 강아지는 족보 없는 애들로만 모아서. 참, 강아지 등수는 상대 평가로도 절대 평가로도 매기지 않을 거다. 혈통, 미모, 지능 다 상관없다. '손'이나 '앉아', '굴러', '기다려' 따위도 절대 시키지 않을 거다.

'인간은 대체 왜 그런 걸 시키고 흐뭇해하는 걸까? 그럴 시간에 한 번이라도 더 쓰다듬어 주거나 간식이라도 하나 더 주는 게 낫지 않나?'

넋이 나간 채 화면 속 강아지들을 바라보던 미정은 모친 윤지완이 기상하는 다섯 시가 되면 후다닥 유튜브를 닫고 인강 사이트를 열었다.

잘난 모친을 호환 마마보다 겁내기 시작한 건 오래된 일이다. 어릴 적 미정은 시키는 공부는 곧잘 했지만 어딘가 맹한 데가 있는 아이였다. 그 어렵다는 레벨 테스트를 거쳐 게이트 어학원에 입성했으나 영어만 사용해야 하는 규칙에 적응하지 못했다. 학원에선 내내 입을 닫고 있다가 집에 오면 바닥에 드러누워 두 시간이고 세 시간이고 동화책을 읽었다. 그제야 편안했다. 그런 미정을 윤지완은 소아정신과 전공인 동기에게 데려갔다. 문제집을 풀거나 파닉스 비디오를 시청하는 대신 동화책만 읽으며 멍을 때리는 딸은, 윤지완이 보기엔 아픈 아이였다.

엄마 친구는 미정에게 '불안 장애'라는 거창한 라벨을 붙여 주었다. 그러고는 애가 어리니 약물 치료 전에 반려동물이라도 키워 볼 것을 권했다. 죄인처럼 앉아 있던 미정의 귀가 번쩍 뜨였다. 하지만 윤지완은 단칼에 거절했다.

"반려동물? 싫어. 하나 있는 애 키우는 것도 힘든데 뭘 더 키우래. 나 선인장도 죽이는 사람인 거 몰라? 그거 말고 놀이 치료 같은 건 없어?"

그래도 그 덕에 영어 유치원과 이별할 수 있었다. 만성 변비라는 이별 선물을 받긴 했지만. 미정은 원어민 강사에게 화장실 가고 싶다는 말을 영어로 하지 못해서 참고 또 참았었다. 오랜 변비의 대서사가 활짝 열린 곳이 게이트어학원 입구였던 것이다. 쾌변을 기원하며 미정은 단숨에 미피 우유를 비웠다. 불행히 신호가 안 오더라도 졸음은 쫓아 줄 것이다. 열 시까지 버텨야 한다. 열 시에는 어떡하냐고? 입 없는 토끼 대신 붉은 황소(Red Bull)를 불러야지.

그때 벤치 근처로 중학생 세 명이 몰려오더니 붕어빵 트럭 앞에 멈춰 섰다.

'아이씨.'

모의고사 망친 고딩답게 고독을 씹으며 손톱도 씹으려던 고미정은 울컥 짜증이 났다. 과숙된 바나나에 날파리가 꼬이듯,

어딜 가든 인간들이 자꾸 출몰해 댄다. 다행히 그들은 붕어빵만 먹고 다른 학원으로 이동할 모양이었다. 그냥 벤치에 앉아 있기로 했다. 색깔만 다른 폴로셔츠에 베이지색 치노 팬츠를 입은 아이들은 세쌍둥이처럼 똑같았다. 솜털이 보송한 복숭앗빛 뺨에 막 미용실에 다녀온 듯 단정한 머리. 여드름도, 비속어도 찾아보기 힘들었다. 영국 드라마에서 빠져나온 사립학교 학생처럼 반듯한 아이들이 붕어빵을 베어 물며 이야기를 나눴다.

"다음 달 KMO 준비는 잘돼 가?"

오랜만에 듣는 단어였다. KMO. 단 세 개의 알파벳으로 PTSD를 불러일으키는 단어. 그 이름도 고고한 한국 수학 올림피아드(The Korean Mathematical Olympiad)의 약자. 미정의 손톱을 요 모양 요 꼴로 만든 주범. 고미정의 표정이 썩어 가든 말든 아이들은 계속 떠들었다.

"그냥 그렇지, 뭐."

"작년보단 어려워야 할 텐데. 경시도 점점 변별력 약해지는 것 같지 않냐? 킬러 문항이 있어야 우리한테 유리한데."

"맞아. 이런 식이면 최상위권이랑 상위권이 분간이 안 되잖아. 공정하질 못해."

"그러니까. 말세야."

"이번에도 대상은 박민준이겠지?"

"어대박이지, 뭐. 어차피 대상은 박민준."

예나 지금이나 경시 세계에는 범접할 수 없는 천재들이 존재하는 법이다. 미정의 모친 윤지완처럼.

"주말에 걔 아빠랑 스타벅스에 있는 거 봤는데."

"그게 뭐?"

"아빠한테 과외받고 있더라고."

"헐."

"좋겠다. 걔 아빠 수학과 교수 아냐?"

"수학과 아니고 통계학과."

"그게 그거지."

"입결이 다르잖냐, 취업률도."

"암튼 부럽네. 교수 특강이라니."

"우리 아빠도 수학 전공이면 좋겠다. 한의사 말고."

"너희 아빠 비만 약 팔아서 얼마 버냐? 우리 아빠 병원 수입 절반은 되나? 엄마가 한의사는 벌어 봤자라던데."

그 말을 들은 아이가 발끈한다.

"야, 요새 비만 한약 시장이 얼마나 큰데! 월 1000은 된다는데?"

"감비탕 그런 거 백날 팔아 봤자 성형외과만 하겠어? 우리 아빠 눈꺼풀 바느질만 해도 일주일에 1000이야."

"넌 형 있잖아. 난 외동이라 나중에 한의원 통으로 물려받을 거야. 비만 약도 약이지만 너 같은 땅꼬마들이 녹용 지어 가면서 돈 갖다 바치거든."

"이 자식이."

듣고 있던 고미정의 입술에서 픽 웃음이 흘러나왔다.

너무 빨리 성숙해 버린 아이들. 이 동네 아이들에게는 반항이 추구미가 아니다. 촌스럽게 사춘기라고 말대꾸하지도 않는다. 올리브영 색조 화장품 코너에서 서성대지도 않는다. 그런 것도 열기가 있어야 하는 법. 다섯 살부터 하얗게 불태운 아이들은 재가 되어 있었다. 호르몬 파티나 사춘기 놀이를 할 여유도, 의욕도 없었다. 그런 건 달리기 속도만 낮출 뿐이니까. 부모가 컬링을 하듯 매끄럽게 닦아 놓은 트랙 위에서 어차피 도달할 결승점은 정해져 있었고, 중간에 기권하는 건 허용되지 않았다.

아이들은 빠르게 적응하고 진화해 나갔다. 유치한 반항 대신 명쾌한 실속을 택했다. '포기하면 편해.'와 '얻어 낼 건 확실하게 얻어 내자.'가 삶의 모토랄까. 선행 속도만 빠른 게 아니라 제 미래에 대한 예측도 빨랐다. 전방위 컨설팅 덕에 자신이 어느 대학에 갈 수 있을지, 어떤 직업을 가질 수 있을지 이미 알고 있었다. 과정이 투명하게 보이는 사다리 게임.

그래서일까. 아이들은 10대인데도 40대 같은 표정을 짓고 다녔다. 그 얼굴은 제 부모와 붕어빵처럼 닮아 있었다.

'다 비슷비슷한 어른이 되겠지.'

속으로 중얼대는 고미정도 마찬가지 아니냐고? 아니, 미정은 붕어빵 틀에서 삐져나와 버렸다. 점수도, 의욕도 흐르는 반죽처럼 낙하 중이었다.

사실 이 동네에는 미정처럼 들인 돈에 비해 성적이 애매한 아이도 드물지 않다. 동네의 명성에 누가 될까 봐 쉬쉬할 뿐이다. 조기 출발한 대치동 키즈 중 3분의 1 정도는 이렇게 번아웃 틴에이저로 흑화한다는 것을.

"야, 둘 다 시끄러. 학원 늦겠어."

연신 스마트워치만 들여다보던 아이가 한마디 했다. 아이들은 투덕거리면서 붕어빵 트럭 앞을 떠났다. 이제 좀 조용해지나 싶었는데 요란한 클랙슨 소리가 울리기 시작했다. 주차장에 진입하지 못한 차들이 비엔나소시지처럼 줄줄이 이어지기 시작했다. 벤치 주변은 순식간에 클랙슨 연주회장으로 바뀌었다.

"차 얼른 빼세요! 우리 애 타야 되는데!"

"아, 되게 빡빡하게 구네. 어차피 같이 기다리는 처지에 왜 그래요? 이 골목 상황 다 알면서."

경험상 이런 대화는 하염없이 길어지게 마련이다. 아이들이 몽땅 내려와야 끝이 날 것이다. 미정은 포기하고 이어폰을 귀에 꽂았다. 이분들은 순전히 학원가 골목에서 쌓은 라이딩 짬밥으로 30년차 택시 기사들을 찜 쪄 먹는다는 소문이다. 차체 간격이 3센티미터만 되어도 알아차린다는 라이딩 아티스트.

석박사 학위나 외제 가방끈 소유자들도 많을 텐데 여기서는 나름대로 평등하게 한 명의 운전면허 소지자로 전투에 참가 중이다.

'윤지완 교수도 나 데리러 올 때가 있었지.'

때는 바야흐로 10년 전. 암소수학, 게이트어학원, 스파르타 논술 초등반. 어린애를 이 험한 곳들로 돌리는 엄마들은 대치 계모라 불렸는데 고미정의 모친도 그중 하나였다. 그렇다고 돼지 엄마들과 어울리거나 대놓고 공부하라고 푸시하는 법은 없었다. 윤지완은 그저 방에서 뒹굴던 어린 미정을 주워 아무 설명 없이 레벨 테스트장에 가져다 두었을 뿐이다. 마치 인형 뽑기 기계의 집게 손처럼. 그게 더 섬뜩했다.

고미정이 암소고시를 통과하고 A등급으로 판정받은 데 만족한 윤지완은 손수 라이딩을 하기로 결심했다. 시간을 5분 단위로 쪼개 쓰며 할 일들의 목을 베어 나가는 과업 살인마답지 않은 결심이었다.

첫날, 비상등을 켜고 학원가 뒷골목을 빙빙 돌던 윤지완은 파김치가 되어 돌아온 고미정을 보고 한숨을 쉬었다. 한숨의 의미를 눈치챈 미정은 모친이 취조를 시작하기도 전에 알아서 퀵테스트 점수와 석차를 불었다. 1등이 아니었다. 핸들을 격하게 감은 윤지완은 도떼기시장 같은 대치동을 벗어나자마자 액셀을 밟기 시작했다. 눈치 없는 차들이 끼어들라치면 미친 듯이 빵빵거렸다. 쌀밥보다 눈칫밥을 많이 먹고 큰 미정이 먼저 333번 버스를 타고 다니겠다고 속삭였다.

지완은 그제야 만족스러운 표정을 지었다. 모녀의 소통은 이렇듯 비언어적 방식으로 이루어질 때가 많았다. 윤지완의 장밋빛 입술 사이로 새어 나오는 한숨의 무게. 고미정은 그로 인해 쥐포처럼 납작 눌어붙어 버렸다.

모친 생각을 하던 고미정은 우유 팩을 벤치에 그대로 두고 일어나 버리는 몰상식한 행위를 저질렀다. 쓰레기통을 찾아 던져 넣을 기운 따위 사치였다. 교양이 지나친 모친을 두었으니 우주의 평형을 이루려면 어쩔 수 없었다.

시계를 봤다. 외출 시간이 15분을 넘기면 미션실로 들어갈 수 없다. 대신 1층 카페에서 문제를 풀고 와야 한다. 〈내 잔이 넘치나이다〉라는 찬송가가 흘러나오는 그 카페에 앉아 있다 보면 미정은 절로 '내 점수가 모자라나이다.' 하고 참회를 하게 됐다.

'이왕 이렇게 된 거 강아지나 한번 보고 와야겠다. 어차피 운수 나쁜 날이니까.'

암소수학 옆 건물 1층, 그러니까 이마트24 맞은편에는 '그루밍'이라는 펫숍이 있었다. 동물권에 민감한 요즘에는 보기 드문, 쇼윈도에 어린 강아지들을 전시해 놓은 곳이었다. 학원과 패스트푸드점, 안경점만 빼곡한 이곳에 펫숍이라니. 뜬금없어 보였지만 알고 보니 강아지 미용실과 유치원, 예절 학교도 겸하는 곳이었다. 그러니까 그곳 역시 사교육 기관으로서 이 골목의 정체성에 틀림없이 부합했던 것이다.

미정은 LED 조명이 눈부신 쇼윈도 앞에 쪼그려 앉았다. 맨 아랫줄 구석 칸 녀석은 여전히 더러운 배변 패드 위에 꼬부린 자세로 잠들어 있었다. 부스스한 털, 지저분한 눈물 자국. 플라스틱 박스에는 성의 없이 휘갈겨 쓴 메모가 덜렁 붙어 있었다.

말티푸. 춘천 메가도그 농장. 12월 25일생. 접종 완료.
특가 할인 298,000원!

"모찌야, 넌 네 생일이 크리스마스인 거 알아?"

미정이 쇼윈도를 바라보며 속삭였다. 모찌는 미정이 말티푸에게 붙여 준 이름이었다. 의욕 없이 널브러진 허연 몸이 꼭 푹 퍼져 버린 찹쌀떡 같아서. 지나가던 아이들이 로열 줄 강아지를 보며 귀엽다고 깍깍댔다. 구석진 곳에 있는 이 말티푸를 향해 관심을 보내는 이는 없었다. 덩치가 제법 커진 걸 보면 입양 시기도 놓친 게 분명했다. 애매하게 자라 버린 강아지를 들이려는 사람은 드무니까.

'얼마나 버티려나.'

미정은 말티푸만 보면 친근감이 들었다. 한때 불티나게 팔렸지만 이젠 유행이 지나가 버린 강아지. 꼭 대치동 1등급 어린이에서 등외 등급 청소년으로 추락한 미정 자신 같았다. 아니, 그래도 말티푸가 저보다는 나은 처지 같았다. 최소한 자의식은 없어 보여서. 꼬리만 제때 흔들어도, 똥만 제자리에 싸도 되는 것 같아서.

고미정에게도 그런 시절이 있었겠지. 이유식만 먹고, 걸음마만 해도 충분하던 시절이. 하지만 '비지'니스 우먼인 모친이 그걸 봤을 것 같진 않다. 생후 7년간 미정을 키워 주었던 옥란 이모님이 유일한 목격자겠지. 손주를 돌봐 줘야 한다며 미정을 떠나 버린 이모님. 그때 미정은 사흘 넘게 아무것도 먹지 못했다. 주인 잃은 강아지처럼.

내내 쓸쓸하던 마음이 할아버지와 함께 살게 되면서 조금 나아졌다. 모친 윤지완과 달리 누구에게도 호감을 주지 못하는 노인이었지만, 바로 그래서 미정은 할아버지가 편했다. 아파트 헬스장에서 30분 이상 러닝머신을 차지하는 사람들을 잡고 다니는 게 취미인 할아버지, 그래서 툭하면 젊은 사람들과 싸우고 오는 할아버지, 숫자엔 칼 같으면서 사는 데는 요령 없는 전직 수학과 교수. 그러고 보니 사는 데 요령 없다는 점에서는 셋이 같았다. 미정과 할아버지 윤재경 그리고 누가 쳐다보든 말든 잠만 자고 있는 이 흰 강아지.

"야, 이렇게 견생 사는 요령이 없어서야 유기, 아니 폐기밖에 더 되겠니."

모찌는 고미정의 중얼거림도 듣지 못한 채 요지부동이었다.

"이 바보야. 유행도 지났고 인물도 딸리면 꼬리라도 좀 흔들어 보란 말이야. 다른 애들은 다 비싸게 팔려 가는데 너 혼자 계속 거기 갇혀 있을 거야?"

미정은 자기도 모르게 주머니 속 미니언즈 체크 카드를 만지작거렸다. 카드를 쓸 때마다 모친에게 지출 내역이 날아가기 때문에 함부로 긁을 수 없는 카드였다. 용돈을 강아지 인형 뽑기에 써 버리는 걸 들킨 이후로 윤지완은 절대 현금 용돈을 주지 않았다. 순간 미정은 모친이 자신에게 날리던 대사가 생각났다.

"머리가 안 되면 끈덕지기라도 하던가. 다른 애들은 경시에서 상도 턱턱 타 오는데 넌 멍하게 인형 뽑기 기계나 쳐다보고 있을 거야? 고미정, 너 그러다 미정 인생 된다?"

고미정은 손톱을 물어뜯으며 생각했다. 누군가 모찌를 저 답답한 곳에서 꺼내 주면 좋겠다고.

2장

이마트24

'오늘도 저러고 있네.'

편의점에서 일한 지 이제 한 달째지만 단골들 얼굴은 대충 눈에 익혔다. 이 동네 애들은 틀에서 찍어 낸 붕어빵처럼 비슷비슷해서 쉽지 않았다. 줄이지 않은 교복 차림, 화장기 없는 적당히 단정하고 적당히 모범적인 인상. 하지만 다른 동네 아이들에게는 없는 미묘한 부티가 났다. 은근히 좋은 시계, 교정을 마친 치아, 비속어 없는 말투. 하긴 사장님께 듣기로는 성장 호르몬, 드림렌즈, 치아 교정이 이 동네 아이들의 기본 코스라니까.

그런데 그 애들이 골라 가는 음식은 하나같이 부티가 안 났다. 스니커즈, 자유시간, 핫브레이크 같은 초코 바를 집거나 불닭볶음면, 마라컵누들처럼 자극적인 음식을 집거나. 둘 다일 때도 있었다. 음료는 핫식스, 박카스, 레드불, 몬스터. 검은 것, 붉은 것, 검은 것, 붉은 것. 바코드를 찍으면서도 지루할 정도였다.

'어떻게 이런 것들만 먹고 살지?'

잘 먹고 잘 싸고 잘 놀기가 삶의 목표인 백영만은 도무지 이해할 수가 없었다. 그중에서도 특히 신기한 게 저 아이였다. 줄기차게 오징어짬뽕만 사 가는 것도 그렇고, 다른 음료는 둘러보지도 않고 꼭 미피가 그려진 커피우유만 고집하는 것도 그랬다. 짬뽕에 커피우유라니. 붓지 않으려고 그러나. 그러고 보니 늘 입을 꾹 다물고 있는 얼굴이 미피를 닮은 것도 같다.

몇 번 씹지도 않고 컵라면을 비운 뒤 미피 우유를 들이붓고 나가는 아이. 그러고는 맞은편 펫숍 앞에 쭈그려 앉아 손톱을 씹으며 멍을 때리는 아이. 기억을 못 하려야 못 할 수가 없었다. 뭘 그렇게 보나 싶어 퇴근길에 펫숍 앞에 쭈그려 앉아 본 적도 있는 백영만이었다. 그 애가 앉아 있던 곳 바로 앞에는 작은 강아지 한 마리가 잠을 자고 있었다. 인형 같은 다른 강아지들과 달리 흰 털 아래 누르스름한 얼룩이 있는, 푸석하고 지쳐 보이는 강아지. 농담으로라도 귀엽다거나 예쁘다고는 할 수 없는 강아지였다. 그 아인 음식 취향만큼 강아지 취향도 독특한 게 틀림없었다.

오늘도 그러고 있는 뒤통수를 바라보던 백영만 앞에 근처 사립 초등학교 교복을 입은 여자아이 세 명이 다가왔다.

"오빠! 이거 계산해 주세요."

처음엔 오빠라는 호칭에 놀랐지만 채 한 달도 지나지 않아 익숙해졌다. 쉬는 시간인지 끝나는 시간인지 한꺼번에 쏟아져 들어온 여자애들이 너도나도 영만을 "오빠!" 하고 불러서였다. 아닌 게 아니라 영만이 알바를 시작한 후부터 여학생 손님이 부쩍 늘었다. 영만의 착각이 아니었다. 편의점 점주가 치밀한 포스 분석으로 얻어 낸 통계가 증명한 사실이었다. 이제 막 대치동에 들어온 초등학생부터 잔뼈 굵은 삼수생까지, 원 플러스 원 음료를 사서 하나를 건네는 은근한 타입부터 대뜸 인스타 아이디를 묻는 저돌적인 타입까지. 다양한 여학생들이 백영만을 향해 신호를 보냈다.

백영만의 외모가 꽤 준수하기는 했다. 과일 트럭을 몰고 시장에 나타나면 후광이 비쳤다는 아버지 백종민을 빼닮은 이목구비에 맨몸 운동과 알바로 다져진 생활 근육, 서글서글한 미소와 유들유들한 회복 탄력성. 알바를 하다 기획사 명함을 받은 적도 있었다.

우습게도 이 사교육 1번지에는 연예 기획사가 몇 군데 있었다. 연예계 소식에 빠삭한 친구 말에 따르면 캐스팅 매니저들이 대치동 아이들을 선호한다고 했다. 어릴 때부터 부모가 외모 관리를 해 준 데다 학폭 같은 문제가 상대적으로 드물어서 리스크가 적기 때문이라나. 하지만 명함에 적힌 번호로 전화를 걸진 않았다. 끝없는 오디션을 치르고 기약 없는 시간을 버티기 위해 돈이 필요하다는 걸 모를 만큼 순진하지 않았으니까. 억 소리가 날 정도라는 소문을 친구에게 들었으니까.

영만의 진짜 꿈은 따로 있었다. 지금처럼 꾸준히 알바를 해서 중고 트럭 한 대를 사는 것.

이유는 아무에게도 밝히지 않았지만 틈만 나면 중고차 사이트에 들어가 매물 가격을 검색해 보았다. 큰돈이었지만 억 소리까진 나지 않았다. 이 정도면 남들 대학 갈 때까지 열심히 벌면 되지 않나 싶었다. 알바 자리는 얼마든지 있었고, 아는 형과 친구들이 물어다 주는 대타 일감도 풍성했다. 여름에는 새벽마다 자전거를 타고 신문을 돌리기도 했다. 운동과 용돈벌이를 동시에 할 수 있으니 개이득이라고 긍정 회로를 돌리면서. 한국은 진정한 알바 천국, 영만은 지치지 않는 알바몬이었다.

편의점 알바는 이번이 처음이었지만 꽤 편했다. 점주도 너그러웠다. 왜냐고? 사실 이마트24는 이 골목 다른 편의점들에 비해 매출이 턱없이 처지는 축이었다. 목이 좋다는 것 말곤 내세울 게 없었다. 하지만 백영만의 미모 하나 덕에 최약체로 꼽히던 이마트24가 편의점 신을 평정한 것이다. 아, 물론 '미모 하나'라는 말에는 어폐가 있다. 찰거머리급 붙임성에 본투비 인사이더, 우주 최강 오지라퍼인 성격도 한몫했으니까. 점주는 앞으로도 유미주의와 탐미주의에 기초해 알바를 뽑아야겠다고 다짐하며 백영만이 도망가지 못하도록 전천후 케어를 시전했다. 두 번째 달부터는 시급을 500원 올려 주겠다고 약속했고, 폐기 음식에 대한 절대적 소유권도 제공했다.

"줄 서면 차례차례 계산해 줄게."

백영만이 꽃 같은 미소를 흩뿌렸다. 아이들은 학교에서 교사가 비슷한 대사를 외칠 때와는 달리 순순히 줄을 섰다.

"오빠, 블루비트 이요셉 닮았어요."

"아니야, 영화배우 상이야. 김민재 닮았어."

"둘 다 틀렸어. 모델 서영광 같은데?"

여자아이들이 투닥거리기 시작했다.

"영광이네."

백영만은 싱글싱글 웃으며 바코드를 찍었다. 구찌 머리띠를 하고 하얀 타이츠를 신은 여자아이가 영만의 눈을 똑바로 보며 질문했다.

"오빠, 여자 친구 있어요?"

백영만은 바코드를 찍은 젤리를 내려놓은 뒤 왼손을 내밀었다. 약지에 커플링이 반짝였다.

"에이."

뒤에 선 두 아이는 실망한 기색이 역력했다. 정작 머리띠 아이는 개의치 않는다는 표정이었다.

"이뻐요?"

"그럼."

“키도 커요?”

“그럼.”

머리띠 아이는 그제야 조금 분한 표정을 지었다.

“키 크고 싶어?”

“당연하죠.”

“그럼 젤리 말고 밥 잘 챙겨 먹어야지.”

“밥은 맛없는데. 암튼 오빠, 고마워요. 내일 또 올게요. 제 이름 기억하시죠? 저번에 말씀드렸잖아요.”

“그럼. 양소율이잖아.”

“오빠 천재.”

“제 이름은요?”

“저는요?”

“당연히 알지. 하리보는 조서린, 말랑카우는 이아름.”

“와, 잘생긴 오빠 최고!”

여자아이들은 까르륵대며 편의점을 나갔다. 백영만이 유니폼 조끼 속 핸드폰을 꺼내 바라봤다. 알림을 확인하는 게 아니다. 거울로 된 폰 케이스에 비친 미모를 점검하는 것이다. 하루 중 두 번째로 많이 확인하는 것이 제 얼굴이었다. 첫 번째는 계좌 잔고.

“짜식, 자~알 생겼네.”

중얼거리며 핸드폰을 내려놓으려던 영만이 화면에 뜬 시간을 보고 깜짝 놀랐다.

"뭐야, 밥 먹은 지 벌써 네 시간이나 지났어? 근 손실 오는데."

유통 기한이 임박한 닭가슴살을 먹어도 되겠지만 제 몸을 보배처럼 여기는 백영만은 도시락을 싸 다녔다. 대충 때우는 식의 끼니라면 넌더리가 났다. 아무리 단백질 함유량이 많다고 해도 즉석식품은 즉석식품일 뿐이었다. 이 동네 아이들이 식사 대신이랍시고 설탕투성이 음료를 물고 다니는 걸 보면 걱정이 됐다. 그런 거 파는 편의점 알바 주제에 웬 오버인가 싶겠지만 타고난 오지랖 평수가 넓은 건 어쩔 수 없었다.

백영만은 이 동네 집값이 비싸다는 것을 알고 있었다. 그런 집 애들이 불량 식품 장기 복용 연구 대상자 같은 식사만 하는 걸 관찰하며, 아이들 부모가 무엇을 위해 그 많은 돈을 버는지 궁금해졌다. 그 애들이 올라타는 차는 백영만네 빌라 전세금보다 비싸 보였는데 말이다.

백영만이 주섬주섬 도시락을 꺼내려던 그때, 줄무늬 티셔츠를 입은 아이 하나가 쭈뼛대며 편의점 문을 밀고 들어왔다. 초등학교 5, 6학년쯤 되었을까. 그 아이가 계산대로 올 때까지 기다리지 않아도 알 수 있었다. 몇 년 전 자신을 닮은 아이, 꿈나무 카드를 들고 온 아이라는 걸.

백영만은 그 카드의 이름이 싫었다. 영만 생각에 가난한 유년기란 푸르른 꿈나무보다는 거리의 은행나무에 가까웠다. 이

파리는 누렇고, 열매는 냄새를 풍기는. 가난의 냄새는 숨기기 어려웠다. 찬바람이 불기 시작하며 피부에 버짐이 피고, 외투에 보풀이 이는 이런 계절에는 특히.

사람들은 가난한 아이들의 입맛이 불량 식품에 최적화되어 있다고, 그래서 결식아동 급식 지원 카드가 주로 편의점에서 사용된다고 생각하지만 그건 오해다. 가난하다고 기본적인 욕구의 생김새까지 다르지는 않다. 백영만도 번듯한 식당에 앉아 느긋이 밥을 먹어 보고 싶었다.

하지만 마음 편히 들어갈 수 있는 식당이 드물었다. 어찌어찌 용기를 내서 문을 열고 들어가 주문까지 한다고 해서 다가 아니었다. 더 긴장되는 건 식사 이후의 절차들. 푸르뎅뎅한 카드를 아르바이트생에게 내밀고, 그 카드에 대해 설명하고, 당황한 알바가 사장을 호출하고, 사장은 다시 자기네 가게에서는 못 받는다고 말하고.

어릴 땐 그들이 거짓말을 한다고 생각했다. 못 받는 게 아니라 안 받는 거라고. 가난한 아이들이 가게에 오는 게 꺼려져서 그러는 거라고.

나중에 이 식당 저 식당 아르바이트를 하며 알게 되었다. 그 카드를 받으려면 전용 단말기를 구비하고 매출도 따로 정산받아야 하는 번거로움이 있다는 것을. 안 받은 게 아니라 정말 못 받았을지도 모른다는 것을. 아, 물론 진짜 나쁜 어른들도 있긴 했다. 꿈나무 카드를 허위로 등록해 1억 넘게 횡령했다는 어느 공무원 같은. 결국 만만한 게 편의점 도시락이었다. 뚜껑에 붙어 있는 이름도, 연예인도 달랐지만 어느 순간부터는 똑같은 맛으로 느껴졌다. 한결같이 맵고 짜고 달았다.

남들보다 일찍 먹기 시작한 눈칫밥은 백영만의 위를 망가트리는 대신 처세술을 길러 주었다. 누구보다 비위와 넉살이 좋은 영만의 성격은 절반은 선천적, 절반은 후천적인 것이었다. 찌든 티 없이, 가난한 티 없이, 억하심정이나 피해 의식 없이. 그렇게 보여야 한다는 생각에 남보다 먼저 웃고 남보다 먼저 움직였다. 인사 잘하고 엉덩이 가벼운데 훤칠한 외모까지 갖췄으니 사람들의 호감을 얻는 건 어렵지 않았다. 성적은 바닥이어도 수업 시간에 자거나 핸드폰을 만지작거리지 않고 고개를 끄덕이는 영만을 선생들은 예뻐했다. 요새 교사들은 학생들이 인사만 제대로 해 줘도 감동하니까.

"김 선생님 반에 잘생긴 애 하나 있잖아. 어디 아이돌 연습생인 줄 알았더니 고생 많이 하면서 살았더라. 깜짝 놀랐어."

"그렇죠? 맨날 싱글싱글 웃고 있어서 고생이라고는 모를 것 같았는데."

"요즘 애들 같지가 않아. 영만이만 보면 기분이 좋다니까."

교무실을 오가다 보면 자신에 대한 칭찬이 떠다니는 걸 훔쳐 들을 수 있었다. 그랬다. 백영만은 한 부모 가정 학생에 대한 편견을 설탕 녹이듯 불식시켰다. 급식실이 떠나가라 인사를 하는 그에게 배식원들은 탕수육 서너 개라도 더 얹어 주었고, 한 사람당 하나씩만 주는 요거트며 컵 과일도 몰래몰래 더 주곤 했다.

어딜 가든 분위기 메이커가 되는 영만인데, 하물며 알바 자리에서야. 영만은 무슨 알바를 하든 사장의 총애를 받았다. 교복보다 유니폼 차림이, 볼펜보다 바코드 스캐너를 쥐는 게 익숙해졌다. 타고난 사교성과 편의점 진열대만큼 빽빽한 알바 경력으로 온갖 인간 군상을 접한 끝에 영만은 누가 봐도 눈치 빠르고 싹싹한 청년으로 성장 중이었다.

당연히 연애도 쉬지 않았다. 얼굴값을 하느라 초등학교 3학년 때부터 여자 친구가 있었지만, 이제 교내 연애는 곤란했다. 학년마다 전 여친이 있어서였다. 상황이 이렇게 되자 영만은 알바를 하며 연애를 하기 시작했다.

돈도 없는 애가 어떻게 연애를 하냐고? 그게 전형적인 연애 불능자들의 착각이다. 데이트는 돈이 아니라 매력으로 하는 거다. 게다가 알바하면서 연애를 하면 돈을 쓰는 게 아니라 벌면서 데이트할 수 있다. 님도 보고 뽕도 따고, 도랑 치고 가재 잡고, 마당 쓸고 동전 줍고. 바빠서 숨이 꼴딱꼴딱 넘어갈 때 서로서로 손 한번 빌려주다 보면 눈에 하트가 박힐 수밖에 없었다. 이 애틋한 쌍방 구원 연애도 짠내 나는 현실 앞에서는 오래가지 못했지만.

가장 최근 여자 친구는 카페 알바에서 만난 미대 누나. 누나는 물감 값이 장난 아니라며, 틈만 나면 부잣집 동기들과 자신을 비교했다.

"월급쟁이가 한국에서 천천히 망하고 싶으면 자식한테 예체능 시키면 돼. 우리 집처럼."

"누나, 한국에서 빠르게 망하고 싶으면 어떻게 해야 하는지 알아?"

"주식? 코인? 사기?"

"자영업. 그게 더 직방이야."

얼마 전 그렇게 하기 싫다던 입시 미술학원 알바까지 시작한 누나는 결국 연애할 여유가 없다며 이별을 고했다. 영만은 질척대지 않고 쿨하게 누나의 앞날을 축복해 주었다. 하지만 커플링은 그대로 끼고 있었다. 아직 다음 연애를 시작하기 전이니까. 멋쟁이였던 부친 백종민을 닮아 액세서리를 좋아하는 영만이었다. 지금은 그런 그에게 드문 연애 공백기였다.

백영만이 회상에 빠져 있는 사이 꿈나무 카드 아이가 계산대 앞에 서서 손에 든 것을 내려놓았다. 컵라면 하나와 망고맛 아이스크림. 미소 지으며 바코드를 찍으려던 영만의 눈이 커다래졌다. 오징어짬뽕이었다.

"어, 이거 아까 다른 손님이 재고 없댔는데."

"너구리 뒤에 있던데요."

아이가 퉁명스럽게 대꾸했다.

"빨리 계산해 주세요."

"아, 네."

아이는 슬쩍 주위를 훑어본 뒤 카드를 내밀었다.

'여전하구나, 저 푸르뎅뎅한 색깔은.'

아파트 청소 일을 나갈 때 모친 박수복이 입던 청회색 유니폼이 떠올랐다. 환영받지 못하는 비둘기를 연상케 하는 칙칙한 색감. 계산을 마친 아이는 창가 테이블로 가 앉았다. 영만이 몇몇 손님들의 계산을 하고 나니 아이의 식사는 벌써 끝나 있었다. 아이는 손끝 야무지게 뒷정리를 하고 휴지로 테이블을 벅벅 닦기까지 했다. 그러고는 영만의 시선을 느꼈는지 서둘러 나가다 문턱에 걸려 넘어질 뻔했다.

영만은 계산대에서 나와 쓰레기통 주변을 정리했다. 급히 나가느라 조준을 제대로 못 했는지 아이가 산 아이스크림 포장지가 쓰레기통 바로 앞에 떨어져 있었다. 샛노란 망고가 그려진 포장지에는 '망고 퓌레 4.5%'라는 글자가 선명했다. 달콤한 망고 향이 났지만 어쩐지 백영만의 혀 아래에는 쓴 침이 고였다. 아이스크림 포장지를 쓰레기통에 넣은 영만은 내친김에 슥슥 걸레질까지 했다. 집에서든 일터에서든 지저분한 것을 보지 못하는 깔끔한 성미였다. 그러다 무심코 창밖을 내다보

자, 환하게 조명을 밝힌 펫숍 앞에 그 여자아이가 아직도 쭈그
려 앉아 있었다.

'미피 우유? 왜 계속 저러고 있지.'

잠시 뒤, 백영만은 진열대에 놓여 있던 보름달 빵 하나를 손
에 쥐고서 편의점 밖으로 나갔다.

"저기요, 손님."

뒤돌아보는 미피의 눈빛에 경계심이 가득했다.

"뭐예요."

"이거 드실래요? 미피보단 이 토끼가 더 예쁘지 않아요?"

백영만이 환하게 웃으며 빵을 내밀었다. 봉지에는 하트 모
양 꼬리를 단 토끼가 웃고 있었다. 같은 토끼여도 뚱한 미피와
는 천지 차이였다.

"갑자기 무슨……."

"이거 어차피 곧 폐기거든요."

"네? 폐기요?"

편의점 음식들의 생애 주기와 편의점 알바가 하는 일을 알
리 없는 미정은 무심결에 던진 질문이었지만, 상한 빵을 주는
거냐는 핀잔으로 알아들은 영만이 덧붙였다.

"곧 폐기인 거지 아직 유통 기한 안 지났어요!"

"그런데 그걸 왜 주는데요."

"케이크 대신이에요. 아까 미역국밥 사 가셨잖아요. 오늘 생

일이죠? 10월 10일.”

“아닌데요.”

“진짜 아니에요?”

“아니라니까요! 오늘은 그냥 제가 더럽게 운수 나쁜 날이에요. 김 첨지처럼.”

“김 첨지? 그게 뭔데요.”

“이걸 몰라요? ‘이 오라질 년 왜 먹질 못하니.’ 교과서에도 실린 건데.”

“아하, 그 소설! 알죠, 알죠. 제목도 알아요. 「설렁탕」! 맞죠?”

영만의 대답에 미정이 배꼽을 잡고 웃기 시작했다. 자고 있던 말티푸가 눈곱 낀 눈을 뜨고 그런 미정을 바라보았다. 한참만에야 웃음을 멈춘 미정이 깨달았다. 소리 내 웃은 게 엄청나게 오랜만이라는 걸.

“되게 웃네요. 사람 무안하게.”

영만이 뾰로통한 표정을 지었다.

“「설렁탕」 아니고 「운수 좋은 날」이요. 실은 주인공한테 엄청 운수 나쁜 날이라 반어적인 제목인데, 오늘이 저한테도 그런 날이고요.”

“아, 그런 날은 더더욱 케이크가 필요하죠.”

“근데 그 케이크를 왜 그쪽이 줘야 하는데요?”

"오징어짬뽕 때문에요."

"네?"

"재고가 하나 남아 있었더라고요. 다른 손님이 사 가는 걸 보고 알았어요. 제가 찾아 드렸어야 했는데. 제 잘못이니 벌칙으로 노래도 불러 드릴게요. 생일엔 꼭 축하 노래를 들어야 하거든요."

'뭐 이런 또라이가 다 있지.'

그렇긴 한데 달빛 아래서 보니 심하게 잘생긴 또라이였다. 갑자기 미피 우유 1리터를 들이켜기라도 한 듯 미정의 심장이 휘모리장단으로 뛰기 시작했다. 덩 덕덕쿵덕쿵.

'아, 이래서 황진이 언니도 벽계수 유혹할 때 달 조명을 썼나?'

망설이던 고미정이 백영만의 손에서 빵을 낚아챘다. 봉지를 뜯은 다음 내용물을 꺼내 제 손바닥 위에 올려놓았다. 딸기 향을 풍기는 노르스름하고 둥그런 빵이었다. 빵 위로 촛불 대신 달빛이 드리웠다.

"생일 아니라니까요. 뭐, 그래도 한번 들어는 볼게요. 운수 나쁜 날 기념으로."

미정의 말에 백영만이 씩 웃으며 목청을 가다듬었다.

3장

그랑캐슬

며칠 뒤, 10월 15일 일요일. 백제호텔 양식당 '나인틴스 게이트'에서 미정의 열아홉 살 생일을 기념하는 식사 자리가 열렸다. 한국가정의학학회 총무인 윤지완의 학술 대회 일정과 미정의 학원 스케줄 때문에 밀린 파티였다.

동문회 등산 모임에 간 외조부 윤재경을 제외하고 그랑캐슬 102동 1004호 가족이 모두 모였다. 윤지완, 고길상, 고미정의 겸상. 각자의 생일에만 있는 이벤트였다. 정작 생일 당일에는 모의고사가 있어 복순 이모님이 미역국도 안 끓여 주셨지만. 생일 파티는 당겨서는 해도 미루지는 않는 법이랬는데 어쩐지 김이 빠졌다.

20년 전 엄마 아빠가 결혼식을 올렸다는 이 호텔 웨딩홀은 풍수지리 명당으로 소문이 자자했다. 고종이 제사를 올리기 위해 만들었다는 환구단이 바로 보이는 호텔이었다. 망해 가는 나라의 황제를 떠올리게 하는 호텔, 망해 가는 쇼윈도 부부의 결혼식이 열렸던 호텔에서 생일 파티라니. 가뜩이나 흥 없는 성격에 더더욱 기분이 나지 않는 미정이었다.

단골인 고길상을 위해 헤드셰프가 직접 나와 코스를 설명했다. 끝날 듯 말 듯 끝나지 않는 설명에 듣다못한 윤지완이 방송용 미소를 지으며 말했다.

"설명 감사합니다. 이제 코스 시작해 주시겠어요? 제가 다음 일정이 있어서요."

무안해진 셰프가 물러난 뒤에야 비로소 윤지완은 고미정에게 말했다.

"생일 축하해, 고미정."

할 일을 얼른 해치워 버리고 '완료' 스티커를 붙이는 듯한 말투였다. 언젠가부터 윤지완은 미정을 풀네임으로만 불렀다.

"감사합니다."

다시 침묵이 고여 들었다. 뻘쭘함을 참지 못한 고길상이 늘 그렇듯 안 하느니만 못한 말을 늘어놓았다.

"수능 얼마 안 남아서 힘들지? 암소수학 경시반 다닌다고 하니까 사무실 사람들이 부러워하는 거 있지. 의대는 프리 패스 아니냐고."

고길상의 말에 윤지완의 표정이 구겨진다. 이를 어쩌나. 경시반에서 쫓겨난 건 무려 5년도 지난 일인데. 외동딸 신변에 대한 업데이트가 느린 게 고길상 잘못은 아니다. 윤지완은 고미정의 교육에 관한 것이라면 무엇이든 고길상과 공유하지 않았다. 고길상의 지성과 판단력은 전혀 신뢰할 수 없었다. 의논이나 토론은 에너지 낭비였다. 고미정의 경시 세계 입성에서부터 사립 초·중 입학, 기숙사형 과학고 진학, 한 학기만의 일반고 전학으로 이어지는 파란만장한 학업 서사의 변곡점마다 윤지완은 모든 것을 자신이 확인하고 결정했다. 길상 역시 구체적인 질문을 하기엔 아내가 두려웠다. 윤지완은 놀랍도록 우아했지만 그 우아함을 주로 상대방을 창피하게 만들 때 사용했다.

침묵 속의 식사가 이어졌다. 트러플 소스가 듬뿍 뿌려진 파스타와 고메 버터가 지글지글 끓는 티본스테이크는 고길상이 이리저리 사진을 찍는 사이 다 식어 버렸다. 그는 나름 미식 분야 파워 블로거였다. 제 이름으로 책을 낸 적도 있었다. 『고변의 미식 기행』이었나? 얼마 팔리지도 못한 채 고길상의 사무실에 쌓여 있는 책이었다. 그 촌스러운 표지를 떠올리며 미정은 속으로 중얼거렸다.

'그걸 내 준 출판사도 이상하지. 도대체 누가 중년 변호사의 식사 일기 따위를 사 보겠어. 인스타만 들어가도 힙한 맛집이 좌르륵 나오는데.'

그래도 고길상은 꿋꿋이 파인 다이닝과 아이리시 위스키에 대한 썰을 풀고 별점을 매겼다. 공짜 정보 덕분인지 블로그 방

문자 수는 제법 유지되고 있었다. 이에 용기를 얻은 고길상은 미슐랭 레스토랑을 가고 면세점 위스키를 산다는 핑계로 툭하면 사무실 문을 닫고 비행기를 탔다. 대한항공 마일리지는 쌓여 갔지만 송사를 맡기려는 고객들은 줄어 갔다. 기계처럼 정확한 루틴을 지키는 윤지완과는 각방을 쓴 지 10년이 넘었다. 두 사람은 서로의 불편한 관계를 외동딸 미정에게 굳이 숨기려 하지도 않았다. 숨긴다고 숨겨지는 것도 아니었지만.

샐러드 한 접시를 앞에 놓고 띄엄띄엄 포크질을 하던 윤지완이 냅킨으로 입술을 닦았다. 미정은 모친이 식사하는 모습을 볼 때마다 신기했다. 입술은 항상 장밋빛 립스틱으로 빈틈없이 칠해져 있는데, 물컵이나 냅킨에 아무것도 묻어나지 않았다. 정교하게 딴 립라인 안에 칠해진, 영원히 지워지지 않을 것 같은 장밋빛 입술은 윤지완의 시그니처 메이크업이었다. 그것을 따라 하는 이들도 많았다. 고미정은 모친의 맨얼굴을 마지막으로 본 게 언제인지 기억나지 않았다.

미정이 암소수학에서 처음 강급되었을 때도 윤지완의 장밋빛 입술은 굳게 다물려 있었다. 품위 없이 야단을 치거나 책망하지는 않았다. 다음 날 미정의 책상 위에 '개구리수학' 안내문을 올려놓았을 뿐. 거기에는 윤지완이 근무하는 대학 병원 로고가 박힌 포스트잇이 붙어 있었다.

네가 선택하렴. 암소 꼬리가 될지 개구리 대가리가 될지.

개구리수학은 암소에서 낙마, 아니 낙우한 아이들이 향하는 곳이었다. 암소수학보다는 인간적인 시스템을 표방하는 학원이라 외출 가능 시간이 무려 30분. 암소의 두 배였다. 하지만 눈치 빠른 미정은 알 수 있었다. 엄마가 진짜 원하는 건 미정이 독하게 버텨서 암소 대가리가 되는 것임을. 과거의 영광을 되찾는 것임을. 자녀의 성적을 부끄러워하는 부모의 마음을 아이들도 알았다. 미정은 '일품반'이라 적힌 문제집 표지를 슬그머니 가리는 친구들을 초등학생 때부터 보아 왔다. 그게 자신의 일이 될 줄이야.

미정이 처음부터 이런 처지였던 건 아니다. 초등 고학년까지는 촉망받는 인재였다. 슬슬 버거워지기 시작한 건 중학교 때부터였다. 미션실 탈출을 위한 수학 풀이를 하다 보니 논리보다 요령으로 문제를 푸는 데 익숙해졌다. 이 동네 일타 강사들이 말하는 '공부 몸'이 부실해진 것이다. 미정은 중학교에 들어가면서 자신이 모친과 같은 수학 영재가 아니라는 사실을 받아들였다. 수학과 교수 윤재경의 유전자가 윤지완까지는 잘 이어지다가 하필이면 미정 차례에서 실종돼 버린 것이다. 아무래도 고길상의 문과 유전자가 섞인 탓 같아 원망스러웠다. 요새 자녀의 적성 검사 결과가 문과로 나오면 학부모들이 통

곡을 한다는데.

"생기부에 희망 학과는 뭐라고 기재하고 있어? 아빠가 요새 학폭 사건 맡다 보니까 생기부 그거 엄청 중요하더라."

"일단은 의대로 적고 있는데⋯⋯."

하지만 미정은 제 팔뚝에 들어가는 주삿바늘도 못 쳐다본다.

"그런데?"

"아무래도 성적이 안 될 거 같아요. 수학 때문에."

고미정은 참혹한 내신과 기숙사 부적응 때문에 과학고를 그만뒀다. 그곳엔 날고 기는 애들이 수두룩했고, 협업형 과제도 살벌하게 많았다. 하지만 허구한 날 도서관에서 책만 읽는 미정과 팀 프로젝트를 하고 싶어 하는 아이들은 없었다. 스트레스가 몰려올 때마다 깨물었더니 손톱 열 개가 죄다 걸레짝이 되어 버렸다.

첫 학기 성적표를 본 윤지완은 혀를 차며 사태를 수습했다. 미정은 집 근처 일반고로 옮겼지만, 갓반고로 불리는 이 동네 일반고는 전혀 일반적이지 않았다. 특목고랑 별다를 게 없었다. 꾸준히 애매한 고미정의 성적표를 받아 든 윤지완은 미정을 자신의 고향인 대구로 내려보내려고도 했다. 지역 인재 전형을 노려 보기 위해서였다. 하지만 그때 어머니가 돌아가셨고, 혼자서는 햇반 하나 데울 줄 모르는 아버지 윤재경을 서울로 모시고 와야 했다.

“흠, 그럼 법대는 어때? 아빠처럼.”

“생각해 볼게요.”

“요새 편의점보다 흔한 게 로펌인데.”

윤지완이 드라이아이스 같은 냉소를 지으며 말했다. 단 한 문장으로 고길상을 녹다운시킨 윤지완의 시선이 미정의 얼굴로 옮겨 갔다.

“생기부 진로도 일관성 있어야 점수 따는 거 몰라? 괜히 갈팡질팡하지 말고 10수를 해서라도 의대 가. 너 딱히 다른 꿈도 없잖아.”

미정은 고개를 숙이며 속으로 중얼거렸다.

‘나만 없는 거 아닌데.’

그건 그랬다. 꿈 없음, 그러니까 무몽증(無夢症)은 이 동네 아이들 사이에 도는 전염병이었고, 대치동은 무몽동이었다. 오죽하면 강남 학부모들이 자녀에게 원하는 건 공부를 잘하는 게 아니라 장래 희망이 있는 것이라는 말까지 돌았다. 그러면 커리어 디자인도 해 주고, 자소서도 써 주고, 거기 맞춰서 논문과 봉사 활동 스펙도 다 짜 줄 텐데. 부모는 물심양면 액셀을 밟아 줄 준비가 되어 있는데 정작 아이들이 100만 킬로미터는 주행한 고물 차처럼 푹 퍼져 있었다. 보다 못한 부모가 아이들을 조수석으로 떠밀어 버리고 대신 운전석에 올라타기 일쑤였다. 피아니스트의 실력이 못마땅해서 악보를 넘겨 주는 대신 자신이 직접 연주를 시작한 페이지 터너처럼. 심심해진 아이들은 슬그머니 뒷자리로 가서 엉뜨를 켜고 드러누워 버렸다.

윤지완의 눈치를 보느라 의사라는 장래 희망을 구비해 두고 있었지만 암소에서도 바닥을 차지하고 있는 현재, 미정이 원서를 내 볼 수 있는 의대는 대한민국 어디에도 없었다. 정말 고길상 말대로 법대로 틀어 볼까? 그러나 무엇을 위해? 사회 정의 구현? 인간 사회보단 강아지 세상이 좋은 고미정에게는 좀처럼 끌리지 않는 모토였다.

게다가 고길상처럼 그럴듯한 대학을 가려면 불철주야 공부를 해야 할 것이고, 대학에 가서도 안광투지 공부를 해야 할 것이고, 로스쿨을 가서도 형설지공 공부를 해야 할 것이고, 법조인이 되어서도 또 주경야독 공부를 해야 할 것이다. 와우. 옛날 사람들 평균 수명만큼 공부를 해야 하는 것이다. 때 되면 후속 세대를 위해 퇴장해 주어야 하는 인간의 DNA 구조상 서른여덟이 넘으면 본격적인 노화가 시작된다는데, 그 나이가 되어서도 공부를 해야 한다니. 그래 봤자 결론은 고길상 정도의 삶일지도 몰랐다.

축축 처져 가는 미정의 포니테일을 보며 윤지완은 탱글탱글 세팅 펌이 된 머리칼을 귀 뒤로 넘겼다. 그러고는 파이널 블로를 날렸다.

"하여간 두 부녀께서 꼭 닮았다니까."

정곡을 찔러 폐부를 구멍투성이로 만드는 데 일가견이 있는 윤지완이었다. 메스 대신 말로 사람의 마음을 가른달까. 방송에 나가 건강 노하우를 전수할 때는 딴판이었다. 미용실에서 관리받은 티가 나는 빵빵한 정수리 볼륨과 완벽한 메이크업, 교양 있는 말투와 전문적인 지식, 그러면서도 대중들이 자신에게 기죽지 않도록 섬세하게 조율된 친절함.

사람들은 그녀를 미모의 명의라 부르며 신뢰했고, 윤지완은 팬들에게 미소를 공급하는 아이돌 가수처럼 의학적 솔루션을 하사했다. 매해 여대생들이 닮고 싶은 여성 인물 1, 2위를 다툰다는 기사도 포털에 그득했다. 도대체 그런 설문 조사는 왜 하는지 모르겠지만. 아무튼 모친이 미소를 거두는 순간은 그랑캐슬 1004호 현관문 안에 존재할 때뿐이었다. 고미정이 볼 때 윤지완은 버지니아 울프가 말한 '집 안의 천사'가 아니라 '집 밖의 천사'였다.

"그래도 우리 미정이가 어릴 때부터 책도 많이 읽고, 글도 잘 썼잖아. 거 뭐냐, 백일장 장원 같은 것도 도맡아 했고. 나중에 서면도 잘 쓸 것 같은데."

고길상이 살포시 의견을 냈다. 대꾸할 가치도 없다는 듯 윤지완은 말이 없었다. 대신 입꼬리만 나이키의 스우시 모양으로 올라갔다. 윤지완이 마음에 들어 했던 나이키의 슬로건이 뭐였더라? 아, 그렇지. 'Winning Isn't for Everyone.' 불쌍한 고길상을 위해 미정이 리액션을 해 주었다.

"생각해 볼게요. 요새 학폭 사건 많이 맡으셨나 봐요?"

아빠라는 호칭은 붙이지 않았다. 어색하니까.

"응, 어렵긴 한데 부동산 할 때보다 훨씬 재밌어. 상속이나 부동산 쪽은 내가 숫자에 약해서 힘들더라고."

'학폭이 재밌다고?'

미정은 어이가 없었다.

재미. 고길상이 자주 쓰는 단어였다. 먹고 놀고 소비하는 재미를 중심으로 삶의 쳇바퀴를 돌리는 중년 남성. 맛집이란 맛집은 다 돌아다니는 한국판 고독한 미식가. 1일 1식이라는 명목으로 1일 폭식을 하는데, 그 한 끼 메뉴를 정하는 것으로 하루의 권태감을 견뎠다. 인맥으로 먹고사는 직업 특성상 핸드폰 속 연락처는 수백 개였다. 하지만 막상 같이 밥 먹자고 연락할 만한 사람은 손에 꼽아서 거의 혼밥이었다.

사법고시 패스 후 2년. 고길상은 매주 토요일마다 백제호텔 커피숍에서 선을 봤다. 도어맨과 친구가 되기 직전, 101번째 선 자리에서 윤지완을 만났고 스노볼 속 공주님 같은 자태에 홀딱 반했다. 백영만 앞에서 드러났던 미정의 얼빠 기질은 부계 유전인 셈이었다. 윤지완의 태도는 미적지근했지만 중매인이 열과 성을 다한 끝에 웅장한 결혼식을 올렸다. 거기까지는 좋았다. 신랑 신부 행진이 끝나자마자 둘은 급격히 어색해졌다. 그렇게 20년. 이제 그들은 현관문만 같이 쓰는 쇼윈도 부부였다.

길상은 기저귀 떼기가 무섭게 학원 쳇바퀴를 도는 딸아이가 짠했지만 윤지완에게 뭔가 건의해 볼 용기는 없었다. 그랬다가는 독설이 가득 담긴 아이스 버킷을 맞을 게 뻔했다. 그러다 보니 딸과도 만만치 않게 어색해져 갔다. 같은 식탁에 앉는 일도 드물었다. 어쩌다 SNS에서 핫한 쿠키나 케이크를 사 와 봐도 미정은 별 관심이 없었다.

'뭐지. 요새 애들이 좋아한대서 웨이팅까지 해서 사 온 건데. 물론 내 블로그에 올릴 생각이기도 했지만. 원래 쟤가 입이 짧았나? 음, 기억이 없다.'

당연했다. 미정이 밥을 먹을 때 자신은 늘 야근 혹은 접대 중이었으니까. 30, 40대 내내 부동산 전문 대형 로펌의 파트너 변호사로 바빴으니까. 그러다 학폭이라는 법조계의 블루 오션이 찰랑거리기 시작한 시점에 법무법인 길상을 차렸다. 수임 건수며 승소율은 아직 소박했다.

"이 아빠가 얼마 전엔 교사한테 커터 칼 던진 학생을 4호 보호 처분으로 막아 냈다니까."

"원래대로면 소년원감 아니에요?"

"그렇지. 10호는 받았어야지. 오죽했으면 다른 로펌에서 거절당하고 날 찾아왔더라니까."

'수임료가 싸서겠지.'

고미정과 윤지완이 속으로 중얼거렸다. 눈치 없는 고길상만 신이 나서 말을 이어 갔다.

"학생 인상이 얼마나 살벌한지, 아주 눈으로도 사람 씹어 먹겠더라고. 뭐 그래도 별수 있나. 아직 어린 꿈나무 청소년이니 내가 멱살 잡고 제주도까지 데려갔지."

'저 일을 하면서도 인간의 갱생 가능성을 믿다니.'

고미정은 속생각을 감추며 예의상 대화를 이어 갔다.

"제주도엔 왜요?"

"충격받은 교사가 학교 그만두고 제주도 내려가서 카페 차렸거든. 나랑 학생이 손님들 다 보는 데서 그 선생 앞에 무릎까지 꿇었다니까."

신나게 떠드는 고길상의 입안에서 씹다 만 고깃덩어리가 나타났다 사라졌다. 윤지완이 눈살을 찌푸렸다. 당장 이곳을 떠나고 싶은 눈치였다. 그는 외동딸 고미정 대신 시간을 금쪽같이 여겼다. 남편의 주책과 식사가 짧게 끝나지 않을 것을 예감한 지완은 급기야 무릎 위에 올려 뒀던 아이패드를 들고 영어 논문을 읽기 시작했다.

윤재경의 증언에 따르면 윤지완의 공부 중독은 수성구 키즈였던 유년기부터 시작되었다. 그곳은 교육열 높기로 유명한 대구의 사교육 1번지였다. 한때는 대치동 뺨친다는 자부심을 가지고 있던. 수성구가 낳은 천재 소녀 윤지완은 단 1초도 놓치지 않고 움켜쥐려는 스타일이었다. 유유자적 즐기는 것을 좋아하는 천상 한량 고길상과는 정반대였다.

윤지완은 초를 다투는 대학 병원 교수 생활 속에서도 아침 러닝을 거르지 않았다. 새벽 다섯 시면 칼같이 일어나 다섯 시 반에 현관문을 나섰다. 아파트에서 병원까지는 뛰어서 30분 거리. 도곡공원까지 두 바퀴 돌아 애플워치의 목표 운동량 서 클을 완성했다. 러닝을 하는 동안에도 의학 팟캐스트나 논문 음성 서비스를 들었고, 병원에 도착하면 엘리베이터를 기다리면서 스트레칭을 했다. 샤워와 화장, 환복을 한 다음에는 키보드를 탁탁 두드리며 논문을 쓰다 여덟 시 알람 소리와 함께 진료를 시작했다.

테이블 아래서 손톱을 쥐어뜯고 있던 고미정을 길상이 툭툭 쳤다.

"딸, 아빠 이야기 듣고 있는 거지?"

"그럼요."

"이제 후식 달라고 할까?"

"네."

마침내 참을성이 바닥난 윤지완이 우아한 몸짓으로 움직였다. 의자를 밀고 일어서는데도 아무 소리가 나지 않았다.

"촬영이 있어서 가 봐야겠어. 저녁은 복순 이모님이랑 먹어.

미역국 끓여 달라고 해 놨어. 촛불은 불어야 하니까 아홉 시까지는 집에 갈게.”

선심이라도 쓰는 말투, 시혜라도 베푸는 표정, 제 센스에 제가 만족한 태도.

‘5일이나 지나서 촛불은 무슨 촛불.’

속마음과 달리 미정은 공손하게 대답했다.

“네, 다녀오세요.”

노트북 가방을 휙 걸친 윤지완이 고길상 쪽은 보지도 않고 또각또각 걸어 나갔다. 와중에도 식탁 위에 놓여 있던 계산서를 챙겨 든 채. 지완의 소득이 길상보다 훨씬 높았으니까.

‘하아, 시간 아까워.’

탄수화물과 시간 낭비를 혐오하는 윤지완에게는 이런 가족 식사가 최악의 스케줄이었다. 지완은 제대로 된 식사보단 단백질 셰이크와 방탄 커피를 먹을 때가 많았다. 아, 물론 영양제 한 주먹과 셀렉사 한 알도 추가. 전 국민의 건강 멘토 윤지완 교수가 어인 일로 항우울제냐고? 남편 때문에? 아니, 그 인간은 포기한 지 오래다. 문제는 외동딸 미정이다. 미정이 암소수학에 들어가 초등 수학 경시를 휩쓸 때만 해도 흡족했다. 딸이 자신을 닮은 모양이라고 생각했다. 모녀 사이도 괜찮았다. 살갑고 끈적하지는 않아도 깍듯하고 반듯했다. 적어도 지완 자신 생각에는.

미정에게 모든 걸 몰아주기 위해 둘째도 갖지 않았다. 고길상과 여전히 어색하기도 했고. 신혼여행에서 맛집에 간답시고 웨이팅을 하겠다는 그와 싸운 것이 최초이자 최후의 솔직한 대화였다. 하지만 바람과 달리, 시간이 갈수록 미정이 자신을 닮지 않았다는 사실을 인정할 수밖에 없었다. 아이는 멍하니 시계만 보거나 읽은 동화를 수십 번째 또 읽거나 그도 아니면 되지도 않는 글줄만 끄적거렸다. 하등 영양가 없는 일들로 금쪽같은 시간을 흘려보내는 게 지완은 이해가 되지 않았다. 자신의 아이라면 지금쯤 2차 방정식 문제를 술술 풀어내고, 칼 세이건의 『코스모스』를 원서로 줄줄 읽어 내야 마땅했는데. 독기와 욕심이 없는 아이가 한심했다. 야망이라곤 코딱지만큼도 없는 남편을 닮은 게 분명했다. 이럴 줄 알았으면 둘째를 낳았을 텐데. 그럼 자신을 닮았을지도 모르는데.

아니, 한량 도련님 말고 자수성가한 남자를 골랐어야 했을까. 그랬으면 이런 비극은 없었을지도 모른다. 지완은 작게 한숨을 내쉬었다. 그렇다고 우아하지 못하게 성적 갖고 닦달할 생각은 없었다. 가망 없는 떡잎에 기를 쓰고 물을 주는 건 에너지 낭비니까. 하지만 딸과 남편 생각만 하면 한숨이 나오는 건 어쩔 수 없었다. 게다가 은퇴한 후 어린아이가 되어 버린 아버지까지.

어머니가 돌아가셔서 아버지와의 합가를 결심하긴 했지만

사실 지환은 윤재경을 보는 게 껄끄럽기 짝이 없었다. 스무 살에 대구를 떠난 후 20여 년 만에 같이 살게 된 아버지는 그사이 쓸모없고 감정적인 사람이 되어 있었다. 한때는 유능한 수학자였던 아버지, 칼주름 잡힌 정장을 입고 출근하던 교수. 지금은 하루가 다르게 늙어 가고 낡아 가는 노인. 당뇨와 고지혈증, 하지 정맥류를 앓으면서도 단것이나 밝히고 운동은 거부하는 아버지를 생각하니 호텔을 나서는 윤지환의 얼굴에 짙은 짜증이 드리웠다. 외동딸이 명색이 국민 건강 멘토인데…….

윤지환은 정확히 아홉 시에 귀가했다. 이번에는 1004호 식구가 완전체로 모였다. 복순 이모님이 아이스크림케이크를 내려 놓자 윤재경이 주춤주춤 초를 꽂았다. 그 모습을 보던 지환이 기어이 한마디 했다.

"아버지, 또 배스킨라빈스 가셨어요? 혈당이랑 콜레스테롤 수치 때문에 안 된다고 했잖아요. 철없이 왜 이러세요."

윤재경이 허연 뒷머리를 긁적이며 변명했다.

"이거 몇 숟갈 덜 먹어서 몇 년 더 산다고."

고미정은 공범인 걸 들키지 않으려 입을 다물고 있었다. 50년의 나이 차를 뛰어넘어 단맛으로 대동단결한 두 사람은 죽이 잘 맞았다. 윤지환 공포증이라는 동병상련 때문일 것이다. 같은 것을 두려워하는 이들 사이엔 고탄력 스타킹처럼 쫀쫀한 연대감이 생기기 마련이니까.

30년간 근무했던 대학에서 퇴임한 뒤 윤재경은 큰 충격을 받았다. 더는 누구도 자신의 농담에 웃어 주지 않았다. 연구실의 대학원생들은 그저 제가 교수였기 때문에 웃어 주었던 것이다! 대학을 나오고 나자 스마트폰은 고사하고 인터넷 쇼핑도 할 줄 모르는 데다 운전면허까지 없는 자신은 어린아이나 다름없었다. 꼬박꼬박 나오던 월급이 끊긴 것도 저 잘난 맛에 살던 윤재경을 위축시켰다. 만 원짜리 칼국수가 부담스러워 9000원짜리 잔치국수를 골랐다. 그게 은퇴한 수학 교수의 수학적 현실이었다.

그렇다고 집에 앉아 비슷한 나이의 가정부가 해 주는 밥을 먹자니 눈치가 보였다. 윤재경 말곤 이 집에서 밥을 먹는 사람이 없으니 자신만 나가 주면 그녀가 끼니마다 새 밥을 짓지 않아도 될 것이다.

결국 맥도날드에 가서 핫케이크와 아메리카노를 먹곤 했다. 이른 아침 맥도날드에는 출근할 데도 없으면서 정장 바지에 베레모 차림인 노인들이 많았다. 평생을 갈아 넣은 직장에서 세월과 함께 밀려난 이들로 보였다. 다 함께 스타벅스보다 훨씬 싼 커피를 홀짝이며 길고 긴 시간을 죽이곤 했다. 주말엔 걸리적거리기 싫어 산으로 향했다. 명함이 사라지는 순간 한 명의 등산객으로 수렴되고 마는 것이 대한민국 직장인들의 운명이었다.

바쁜 딸과 사위를 대신해 손녀를 봐 준다는 핑계로 딸애 집에 들어왔건만 가시방석이었다. 더부살이하는 노인네가 된 기분이었다. 열아홉이나 된 손녀는 손이 가기는커녕 학원 때문에 얼굴 보기도 어려웠고, 강아지처럼 온순했던 딸 지완은 이젠 말 한마디 붙이기도 무서운 호랑이로 변해 있었다. 그런 생각을 하다 보면 하루는 길고, 입맛은 썼다. 언젠가부터 매일 저녁 배스킨라빈스를 찾았다. 자신을 위한 작은 사치랄까. 재경의 마음을 아는 손녀가 이따금 동행해 주었다. 선택을 피곤해하는 고미정은 늘 '이달의 맛'을 택했고, 윤재경은 매번 다른 맛을 골랐다. 손녀와 함께 먹는 아이스크림은 달콤했다.

"아무튼 이게 마지막 배스킨이에요, 아버지."

윤지완이 다짐을 놓는다.

"오냐, 오냐."

고분고분한 대답이 만족스러운지 윤지완이 뒤늦게 상냥한 표정을 지었다.

"자꾸 설탕 덩어리만 드시지 마시고 단백질 셰이크 좀 잘 챙겨 드세요."

"그럼, 그럼. 명의 윤지완 교수가 개발한 건데. 노인 대학 사람들한테도 쫙 돌렸다. 우리 딸이 만든 게 홈쇼핑 판매 1등이라고 자랑했지."

"앞으로 한턱 내실 땐 저한테 용돈 달라고 하세요. 나이 들어 가족 자랑하려면 지갑부터 열고 하라잖아요.”

딸의 부드러운 말투에 감동한 윤재경은 싱글벙글이다.

“고맙다, 고맙다.”

보고 있던 미정이 속으로 토를 달았다.

‘흥, 그따위 가짜 분유가 뭐가 좋다고. 인격은 당과 탄수에서 오는 건데.’

“자, 이제 생일 축하 노래 부를까.”

고길상의 말에 네 사람이 어색하게 초에 불을 붙였다. 부엌에 있는 복순 이모님도 끼고 싶은 눈치였지만 어른들은 이모님을 부르지 않았다. 미정은 머뭇거리다 타이밍을 놓쳤다. 이모님의 얼굴이 시무룩해졌다. 미정의 마음이 영 불편해진 그때, 세 어른이 노래를 시작했다.

“생일 축하합니다. 생일 축하합니다. 사랑하는 미정이 생일 축하합니다.”

미정은 윤지환이 ‘사랑하는’ 부분에서 입 모양만 맞췄다는 걸 눈치챘다. 사실 윤지환이 부르고 싶은 생일 노래는 이런 게 아니었을까?

‘왜 태어났니, 왜 태어났니. 공부도 못하는 게 왜 태어났니.’

착잡해진 미정은 며칠 전 편의점 알바생을 떠올렸다. 심각한 음치였지만 목구멍에서 피를 토하듯이 열심히 불러 줬는데. 미정이 초를 불자마자 윤지환이 자리를 털고 일어섰다. 아이스크림케이크에는 손도 대지 않은 채였다.

"먼저 씻으러 들어갈게요. 방송용 화장은 얼른 클렌징을 해야 해서."

남은 세 사람은 사운드가 비어 버린 공간을 견디기 어려웠다. 이럴 때 왈왈 짖어 주는 강아지가 있으면 얼마나 좋을까 생각하며 미정이 리모컨을 집어 들었다. 번쩍하며 켜진 TV에 셰이크를 든 윤지완이 나타났다.

"여러분, 스트레스는 건강과 피부, 젊음의 적이에요. 하지만 현대인에게 스트레스는 일상이나 다름없죠. 화가 날 때는 잠시 숨을 고르고 마음의 세수를 시작해 보세요. 혼자 집중하는 것이 어려우시다면 명상을 돕는 애플리케이션을 활용해 보시는 것도 좋답니다. 단백질 셰이크를 구매하신 분들께는 무료 앱 사용권을……."

본인이 개발에 참여한 웰빙 애플리케이션도 홍보하는 모양이었다. 화를 잘 다스려 보라고 말하는 윤지완을 보며 고미정은 난폭했던 모친의 라이딩을 떠올렸다. 자신도 모르게 흘러나오는 웃음을 숨기려 미정은 포크 가득 케이크를 떠먹었다. 혀가 아릴 만큼 달아서 오히려 쓰게 느껴졌다. 편의점 알바가 준 보름달 빵이 훨씬 맛있었다.

'생각해 보니 이름도 안 물어봤네……'

평소 같았으면 낯선 사람과 말도 섞지 않았을 고미정이었다. 하지만 그날은 10월 10일. 모의고사를 망친 날이자 암소에서 강급된 날. 그리고 고미정의 진짜 생일.

그날 미정에게 안녕하냐고 물어 준 유일한 사람이었다, 그 잘생긴 알바는.

에덴빌라

같은 시각, 에덴빌라.

"또 라면이야?"

몸뻬 바지를 입은 박수복이 바닥에 앉아 젓가락질을 하고 있었다. 며칠 전 집에서 염색한 머리칼은 지나치게 검어서 외려 나이 들어 보였다.

"왔어, 아들?"

"안 지겨워? 차라리 국수를 먹어. 아니다, 내가 국수 삶아 줄게. 조금만 기다려."

"됐어. 알바하느라 힘들었을 텐데."

그렇게 말하면서도 박수복은 반 넘게 남은 라면 그릇을 내려놓았다. 백영만은 냄비에 물을 받아 가스레인지 위에 올렸다. 그러고는 김치 국물이 밴 도마와 장미 문양이 다 닳은 칼과 반쯤 남은 소면 봉지를 꺼냈다. 달걀은 알이 제일 큰 걸로 골라 씻었다. 그릇 두 개를 꺼내 흰자와 노른자를 분리했다.

“그냥 부치면 될걸, 왜 굳이.”

박수복이 못 말리겠다는 듯 고개를 저었다.

“흰 지단, 노란 지단 따로 해야 이쁘잖아.”

낡은 프라이팬에 지단을 부치는 사이에 물이 끓기 시작했다. 냄비 하나에는 동전 육수 한 알을, 다른 냄비 하나에는 소면 한 움큼을 넣었다. 김치를 꺼내 썰고 나자 소면을 넣은 냄비 물이 부르르 솟아올랐다. 영만은 젓가락으로 소면을 몇 번 들었다 놓아 면발을 쫄깃하게 만들었다. 그런 뒤에는 한 김 식힌 지단을 제 이목구비처럼 예쁘게 썰었다.

“애호박도 있으면 좋은데 요새 채솟값이 미쳤어.”

영만의 말에도 박수복은 아무 대답이 없었다. 돌아보니 홈쇼핑 채널을 보느라 정신이 없었다.

“엄마, 저거 하나 사 드려?”

이번엔 들었는지 수복이 고개를 저었다.

“됐어. 엄청 비싸. 그냥 저 의사가 개발한 거라길래 봤어. 인물도 좋고 말발도 좋네.”

“개발은 무슨. 이름만 빌려줬겠지.”

영만이 돌돌 말아 담은 국수 타래에 육수를 부은 다음 지단을 살살 올렸다. 흰 지단과 노란 지단의 빛깔이 화사했다. 좁은 집 안이 멸치 육수의 냄새와 온기로 그득해졌다.

“TV 그만 보고 와서 앉으셔.”

영만이 식탁 겸 책상으로 쓰는 테이블 위에 국수 그릇을 올려 두며 수복을 불렀다. 수복은 몸을 일으켜 테이블 앞에 와 앉는가 싶더니 그릇과 젓가락만 들곤 다시 TV 앞으로 갔다.

"아씨, 진짜 바닥에 앉아서 먹지 좀 말라니까."

"난 이게 편해."

수복은 젓가락에 소면을 있는 대로 말아 감더니 놀라운 속도로 흡입하기 시작했다. 씹지도 않고 목구멍으로 흘려보내는 듯했다. 그 와중에 눈은 화면 속 의사의 얼굴에 고정되어 있었다. 어쩐지 영만에게도 익숙한 얼굴이었다.

'어디서 봤더라?'

볼이 미어지게 국수를 우물댄 수복은 몇 분 만에 그릇을 깨끗이 비웠다.

"아들, 면 남은 거 없어?"

영만은 못 말리겠다는 표정으로 소쿠리에 씻어 둔 소면 사리를 가지고 수복 곁으로 다가갔다. 수복은 냉큼 소면을 건네받아 국수 그릇에 넣었다.

"박 여사는 면이 그렇게 좋수?"

"그럼. 네 애비 있을 땐 국수를 못 먹게 해서 참느라 욕봤지."

백종민은 밀가루 음식을 싫어했다. 본인만 싫어하는 게 아니라 가족들까지도 못 먹게 할 정도였다. 똥구멍이 찢어지게 가난했던 시절, 국수와 수제비를 하도 먹어서 밀가루만 봐도 신물이 올라온다고 했다. 글쎄, 영만이 보기에 그건 불우했던 유년기의 영향이라기보다는 믹스 커피를 물처럼 마셔서 생긴 역류성 식도염 증상 같았지만. 대신 백종민은 과일을 좋아했다. 과일 장사를 오래 했으면서도 싫증을 안 냈다. 과일을 먹으면 부자가 된 기분이라나.

그런 백종민이 가출한 후 박수복은 가열차게 밀가루를 흡입하기 시작했다. 입주 시터로 일하는 평일에는 컵라면과 둥지 냉면으로 끼니를 때웠고, 집에 오는 주말에는 영만이 끓여 주는 국수와 수제비로 배를 채웠다. 파스타를 만들어 준다고 해도 입에 안 맞다며 손사래를 쳤다. 밀가루만 먹지 말고 채소나 과일, 고기도 좀 먹으라고 화를 내 봤지만 소용없었다. 채소는 금방 시들어 버려서 제때 먹기 힘들다고 했다. 무엇보다 과일 무르는 냄새와 고깃기름 냄새는 꿈에서도 맡기 싫다고, 장사할 때 질려 버렸다는데 할 말이 없었다. 수복의 건강이 걱정되어 간단한 맨몸 운동을 알려 줄까 물어보기도 했다. 하지만 집 안일하고 애 보느라 하루에도 수백 번 앉았다 일어서는 게 운동이라는 대답만 돌아왔다.

'저런 셰이크라도 먹어야 할 것 같긴 한데…….'

영만은 TV 화면을 쳐다보았다. 3개월 치가 29만 8000원. 영만의 눈이 휘둥그레졌다. 무슨 분유 같은 게 저렇게 비싸냐 투

덜대려다가 입을 다물었다. 그렇잖아도 1000원짜리 한두 장에 벌벌 떠는 박수복이었다. 그가 몇 년째 몸뻬 바지만 돌려 입는 걸 영만도 알고 있었다. 살림이 빠듯한 건 사실이지만 그래도 그렇게까지 궁상떨 정도는 아닌데.

벙하게 서 있는 백영만을 향해 박수복이 손짓했다.

"아들, 저기 가방에 보면 망고 있어."

"망고?"

백영만은 수복의 낡은 가방을 들여다봤다. 무늬만 뱀 가죽인 나일론 가방의 손잡이는 언제 떨어져도 이상하지 않을 정도로 해져 있었다.

"제주산 애플망고라나 뭐라나. 한 알에 5만 원이란다. 참 내. 추석 선물로 한 박스 들어온 걸 다빈 엄마가 나눠 줬어."

"5만 원?"

"그래. 장사할 때도 필리핀산 망고나 봤지, 제주산은 처음 봤다. 뭐 대기업 회장님도 주문해 먹는 망고라나. 이래서 같은 값이면 노비를 해도 대갓집 노비를 하라는 말이 있나 보다. 너 먹어."

"엄마는?"

"됐어. 저놈의 싯누런 색깔만 봐도 경기가 난다."

"그래도 이건 제주산이라잖아."

"그래 봤자 망고가 망고지 뭐."

수복은 바닥에 벌렁 드러누웠다.

"먹자마자 눕지 마, 엄마."

수복은 들은 체도 않고 지갑형 케이스 속 폰을 주무르기 시작했다. 바탕 화면에는 곱상한 트로트 가수의 사진이 띄워져 있었다.

한숨을 쉰 영만은 호텔 뷔페에서 알바할 때 어깨너머로 본 것을 흉내 내 애플망고를 벌집 모양으로 자르기 시작했다. 썰어 놓고 보니 씨앗만 거대하지 과육은 별것 없었다. 손등으로 주르륵 흘러내리는 진득한 과즙을 혀로 핥아 보았다. 지나치게 달아서 오히려 인상이 찌푸려지는 맛이었다.

"윽. 별론데, 나는. 그냥 설탕 국물 같아. 전직 과일 집 아들로서 과일이란 자고로 단맛과 신맛이 균형을 이루어야 한다고 봐. 이런 걸 왜 5만 원씩이나 주고 먹지?"

요새 과일들의 당도 제일주의에 불만이 많은 영만이었다. 새콤한 맛을 좋아하는 영만은 달콤한 천혜향이나 황금향에 밀려난 한라봉이 안쓰러웠다. 마트에 깔끔하게 진열된 스테비아 토마토에서부터 알이 굵은 샤인머스캣, 사시사철 보이는 참외에서는 인공적인 맛이 났다. 어린 시절 아빠가 팔던 과일은 그렇지 않았는데. 요즘 나오는 과일들보다 못생기기야 했지만 각자 자기만의 맛이 났는데.

"부자들이 먹으니까 따라 먹느라 그렇겠지. 우리 같은 쌘마

이 입맛엔 별로일 거 같았어."

수복이 심드렁하게 대답했다.

"박 여사 입이랑 나를 같이 묶지 마. 이래 봬도 이 몸은 미식 가니까."

"흥, 그놈의 미식 타령. 느이 애비가 그렇게 혓바닥이 별나더니 기예 그걸로 망했잖니."

아빠 생각에 무거워지는 마음을 털어 내듯 백영만은 싱크대를 정리하기 시작했다. 부엌일을 하는 김에 내일 먹을 도시락도 싸기 시작했다. 부엌에 한번 들어왔을 때 최대한 많은 일을 해 두면 편해진다는 것은 아빠에게 배웠다.

백종민은 영만에게 손맛과 미각, 역마살 3종 세트를 물려주었다. 총각 시절 과일 트럭을 몰고 전국을 돌아다니던 그는 손님으로 온 박수복과 살림을 차렸다. 영등포 청과시장에 조그만 점포를 내고 어렵게 눌러앉았다. 현실에 비해 입맛은 저만치 위에 있던 백종민은 수복의 구박에도 불구하고 꿋꿋이 좋은 과일들을 떼어 오곤 했다. 하지만 월급날이 아니고서야 흠집 난 떨이 과일이나 사 가려는 손님들에게 망고 같은 고급 과일은 인기가 없었다. 비싼 값에 가져와서 날파리만 불러 모으는 노란 과일과 백종민을 박수복은 번갈아 째려보곤 했다. 애초에 과일이라는 게 사치재라면 사치재. 살림이 어려우면 제일 먼저 줄이는 게 과일값이었다. 안 먹어도 안 죽으니까.

결국 문을 닫은 점포 보증금에 빚을 얹어 돈가스집을 열었다. 영등포역 뒷골목, 피라미처럼 작은 돈가스집이었다. 소스 맛이 괜찮다는 입소문을 타고 가게는 잉어, 아니 메기 정도로 커졌다. 가맹점 사업 제안까지 들어오자 백종민과 박수복은 조심스럽게 고래의 꿈을 꾸어 보았다.

하지만 행복의 소비 기한은 정확히 5년이었다. 벌겋다 못해 핏빛의 레드 오션. 5년 이내 폐업률 80프로의 요식업. 우리는 예외일 거라며 백종민은 자신했지만 통계는 괜히 통계가 아니었다. 가맹점 사업을 제안한 이에게 넘긴 소스 레시피는 대기업으로 흘러들어 갔고, 손님들은 넓고 깔끔한 매장으로 발걸음을 옮겼다. 화려한 시절이 절정을 찍은 후론 가파른 내리막 길뿐이었다.

그 뒤론 B급 드라마 대본 같은 빤하고 지저분한 서사가 이어졌다. 백종민에게 남은 건 빚과 패배감 그리고 결혼과 함께 눌러 두었던 역마살이었다. 날개옷 입은 선녀처럼 과일 트럭을 몰고 사라져 버린 백종민. 그의 빈자리를 채우느라 청소 일을 전전하던 박수복은 산후 관리사 자격증을 따고 베이비시터 일을 시작했다. 잠시도 가만있지 않는 아이들이 살짝 긁히기라도 하는 통엔 부모들한테 닦달을 당하는 게 일상이었다.

지금 시터로 있는 집은 아이도 순하고 부모도 별나지 않은 편이었다. 하지만 남의집살이다 보니 이것저것 편치 않았다.

대리석 식탁에 앉아 밥을 먹는 것부터가 뻘쭘했다. 식탁 대신 바닥에 앉아 식사하는 습관이 생긴 건 그래서였다. 평일 내내 거기서 식사를 해결해야 하는데 냉장고에 있는 것 중 어떤 것이 제가 먹어도 되는 것인지 판단하기도 어려웠다. 결국 소면을 가져가 국수를 끓여 먹거나, 애가 유독 보채는 날엔 설거지할 필요가 없는 컵라면을 먹었다. 그마저도 눈치 보일 때가 있었다. 퇴근한 다빈 엄마가 굳은 표정으로 창문을 열어 환기하는 걸 본 뒤에는 둥지냉면으로 갈아탔다. 그건 고맙게도 냄새가 나지 않았으니까.

때려치울까 싶을 때쯤 교통비라며 도톰한 봉투를 받았고, 선물로 들어온 올리브유나 보디로션 세트를 나눠 받기도 했다. 이래저래 뭉개며 그 집에서 일한 게 벌써 4년째였다. 청소일을 하며 얻은 관절염 때문에 고깃집이나 마트에서 몇 시간씩 서서 일할 엄두는 안 났다. 캐셔 일자리마저도 셀프 계산기가 설치되면서 많이 줄었다고 들었다. 다빈이가 어린이집에 들어가면서 숨 돌릴 틈이 생겼지만, 빈집에 혼자 있는 게 더 눈치 보여 시키지도 않은 욕실 청소며 창틀 청소를 하곤 했다. 몇 번 그랬더니 이젠 아예 금요일마다 대청소를 해 놓길 기대하는 다빈 엄마였다.

뭐 그런 거야 견딜 수 있었다. 향수는 한 번도 못 뿌려 봤지만 움직일 때마다 파스 냄새가 진동하는 몸. 오늘 몸을 움직여 내일 먹을 밥을 버는 건 평생의 팔자였으니까. 죽기 전까지 이 노동이 끝나지 않으리란 걸 받아들였으니까. 하지만 영만에게 까지 이 팔자를 물려주고 말았다는 건 원통했다. 이게 다 백종 민 그 인간 때문이었다.

어쩌면 백종민이 사라지지 않았어도 비슷한 삶이 이어졌을 지 모른다. 하지만 다빈 엄마가 이것 좀 가져가시라며 애플망 고를 내밀었을 땐 새삼 백종민에 대한 원망이 치솟았다. 한우 세트 같은 게 선물로 들어오면 은근슬쩍 주방을 오가며 줄어 든 게 없는지 살피던 다빈 엄마였다. 그런 사람이 고거 두 알 을 주면서 아드님과 나눠 드시라고 생색을 냈다.

"엄마 진짜 맛 안 보셔?"

"저 의사가 나이 들면 과일도 줄이래. 단백질이 최고라네."

"그럼 어린 아들이 다 먹습니다!"

백영만은 남은 망고를 싹싹 먹어 치웠다. 그걸 본 박수복이 고개를 저으며 말했다.

"별로라더니 잘만 먹는구나. 하여간 이 집안 남자들은 돈은 없으면서 혓바닥만 고급이니."

"그게 낫지. 나 일하는 편의점에 오는 애들은 돈도 많으면서 혀는 그냥 장식품이라니까. 맨날 초코 아니면 젤리. 혀는 영어 공부할 때만 쓰는 건지. 세상에 이렇게 맛있는 게 많은데 말이 야."

“그래? 애들이 밥을 안 먹어?”

“응, 특히 여자애들은 단것만 먹…… 아! 주구장창 컵라면만 먹는 애도 있긴 해.”

“집에서 밥을 못 먹나 보네.”

“그런 건가?”

“당연하지. 집에서 밥이랑 국이랑 제대로 못 챙겨 먹으니까 그런 걸로 배 채우는 거겠지.”

“그럴 수도 있겠네.”

영만이 잠시 생각에 잠겼다.

“넌 요새도 도시락 싸 다니냐?”

“응.”

“정성이다. 너 여자 친구 것까지 싸 다니고 그러지?”

“히히.”

영만은 엄마에게 미대 누나와 헤어졌다는 말을 굳이 하지 않았다. 3개월도 안 사귀고 끝났다고 하면 잔소리 폭탄을 맞을 게 분명했다.

“아무튼 조심해. 나처럼 어린 엄마 만들지 말고.”

“엄마!”

“그리고 망고 담았던 비닐봉지 버리지 마. 다음 주에 비누랑 라면 담아 갈 때 쓰게.”

“멀쩡한 가방 두고 왜.”

"내가 멀쩡한 가방이 어딨어. 그리고 그런 봉지가 얼마나 튼튼한데 한 번 쓰고 버려, 버리길."

지퍼백도 몇 번씩 씻어 쓰는 박수복이었다. 백영만은 버리려고 뭉쳐 뒀던 봉지를 다시 폈다. 엄마를 향해 기어가는 아기의 엉덩이. 그것을 감싼 토끼 무늬 기저귀. 미피 매직 드라이.

'뭐야. 망고 두 알로 인심 쓰면서 그걸 기저귀 비닐에 담아 준 거야?'

영만의 속이 국수물처럼 끓어올랐다. 아무것도 모르는 박수복은 다시 TV로 시선을 돌렸다. 입술을 짓씹으며 수복의 뒤통수를 보던 영만은, 단백질 셰이크 통에 붙은 얼굴이 누구를 닮았는지 깨달았다.

미피 우유와 오징어짬뽕, 바로 그 아이였다.

5장

김가네

'들어갈까 말까.'

논술학원 쉬는 시간. 고미정은 자아 분열을 거듭하며 이마트24 앞에 서 있었다. 환한 조명 아래 그 알바가 책을 읽고 있었다. 달빛 버프가 사라졌어도 잘생겼다. 모공이 다 비칠 듯한 형광등 불빛 아래 잘생겨 보이기란 암소수학 경시반 입성만큼이나 어려운데, 그 어려운 걸 해내는 알바였다. 빼어난 자태 덕에 드라마 속 한 장면 같았다. 볼을 살짝 붉힌 고미정이 알바의 얼굴에서 책으로 시선을 내렸다. 제법 두꺼운 책이었다. 문신 같은 걸 한 사람은 독서와 거리가 멀 줄 알았는데.

'입체적인 인간이네.'

미정은 스파르타논술에서 배운 평면적 인물과 입체적 인물 개념을 떠올렸다. 이름만 논술 학원일 뿐, 실제로는 수능 국어 지문 해킹 기술을 배우는 학원이지만. 스파르타 사람들도 자기네 국가명이 대한민국 논술학원에서 사용되고 있다는 걸 알면 저승에서 황당해할 것이 분명했다. 아무튼 그 학원의 쉬는 시간도 짧디짧았다. 마음이 급해진 고미정이 메리제인 구두 앞코로 바닥을 쿵쿵 두드렸다.

보름달 빵을 미정의 손 위에 올려놓고 알바가 부른 노래는 생전 처음 들어 보는 곡이었다. 심지어 음정도 개판, 박자도 개판이었다.

세상에 태어나느라 수고했어 정말
오늘도 살아 내느라 수고했어 정말
내 앞에 나타나느라 수고했어 정말
축하해 줄게 너의 생일 너의 생일

사춘기 호르몬처럼 오락가락하는 음정, 미정의 성적처럼 널뛰는 박자. 하지만 태어나느라 수고했다는 첫 구절을 듣자마자 목이 멨다. 공차 펄이 목에 걸렸을 때처럼, 몇 번 씹지 않은 라면 면발을 꿀꺽 삼켰을 때처럼. 암소 경시반에 들어갔을 때도, 과학고에 합격했을 때도 들어 본 적이 없는 말이었다. 그 말을 낯선 사람에게, 그것도 10월 10일이라는 이유만으로 듣다니. 그냥 축하한다는 말이 아니라 기꺼이 축하해 주겠다는 가사에 이르자 심히 울컥했다.

다행히 건어물처럼 말라붙은 눈물샘은 체면을 지켜 주었지만 목이 메는 바람에 고맙단 말은 못 했다. 멋쩍어진 분위기를 깨려 초 없는 보름달 빵을 후 부는 척했을 뿐이었다.

"생일 축하해요, 오징어짬뽕 손님."

"……"

"부담은 갖지 마세요. 열두 시 땡 하면 원래 제가 먹을 거였거든요."

"어쨌든 아직 먹어도 되는 거죠?"

"그렇죠."

"그럼 반반씩 먹어요."

"정말요?"

"누가 생일 케이크를 혼자 먹어요?"

"생일 아니라면서요."

짓궂게 웃는 알바를 흘겨보며 미정이 빵을 반으로 갈랐다. 보름달 모양이던 빵이 반달 두 개로 변했다.

"짠."

"짠."

두 사람은 반달 모양 빵을 들어 건배하듯 맞부딪혔다. 미정은 작지 않은 반달을 꾸역꾸역 한입에 욱여넣었다. 알바가 걱정스러운 표정으로 말했다.

"목 안 막혀요? 음료수 가져다줄까요?"

"들어가 봐야 해요. 외출 시간 끝나서. 근데 도대체 그 이상한 노래는 누구 거예요?”

“음, 망고 소년이요.”

‘그런 가수도 있나?’

잠시 생각하던 미정은 포니테일이 축 늘어진 머리를 꾸벅 숙였다.

“그럼 전 가 볼게요.”

그러고는 영만이 뭐라 말할 새도 없이 사라져 버린 미정이었다. 쇼윈도 속 말티푸만 반짝이는 눈으로 영만의 빵을 바라보고 있었다.

“짜식, 배고프냐?”

영만은 말티푸를 향해 짠한 시선을 보냈다. 누가 식당 집 아들 출신 아니랄까 봐 이 세상 배고픈 생명체들만 보면 자동으로 지어지는 표정이었다. 스파르타논술 건물로 들어가던 미정이 그런 자신을 바라보고 있었다는 것을, 영만은 까맣게 몰랐다. 미정의 심장이 계속 쿵쿵 뛰고 있었다는 것도.

그게 벌써 일주일 전이었다. 미정은 그동안 몇 번이나 이마트24 앞을 서성이다 돌아섰다. 하지만 오늘은 못 참을 것 같았다. 수업 내내 오징어짬뽕의 얼큰한 국물이 생각났다. 윤지완은 끝까지 손도 대지 않은 아이스크림케이크를 싹싹 긁어 먹은 날부터 명치에 느글느글한 게 걸려 있는 느낌이었다. 애꿎은 손톱만 한참 쥐어뜯던 미정이 마침내 용기를 내 문을 열었다.

"어서 오세요, 이마트24입니…… 어, 오랜만이네요!"

알바가 활짝 웃으며 읽던 책을 덮었다. 미정이 책 표지를 흘끗 훔쳐봤다.

『장사의 신』.

방금 전까지 미정이 풀다 온 『논술의 신』과 비슷한 제목이었지만 내용은 썩 다를 듯했다. 영만이 뭐라고 더 말을 붙이려는 순간, 미정은 어색한 표정을 숨기려 라면 진열대로 직행했다. 두둥. 오늘도 없었다. 퇴화한 줄 알았던 눈물샘이 시큰했다. 서러웠다.

'내가 뭘 그렇게 잘못했다고 컵라면 하나 먹을 수가 없나.'

그때 계산대 쪽에서 신난 목소리가 들려왔다.

"손님, 오징어짬뽕 여기 있어요!"

"네?"

"제가 미리 하나 빼 놨어요."

미정이 얼른 계산대로 다가갔다. 알바가 계산대 아래에서 오징어짬뽕 컵라면을 꺼내 보였다.

"제가 언제 올 줄 알고……."

말끝을 흐리는 미정에게 알바가 말했다.

"보고 싶어서 언젠간 오시겠지 했어요."

"뭐라고요?"

“저 말고요.”

“네?”

알바가 싱글싱글 웃으며 컵라면을 가리켰다.

“얘 말이에요. 오징어짬뽕.”

미정은 어이가 없어서 말이 안 나왔다.

‘능글맞은 인간은 딱 질색인데.’

“다른 거 필요한 건 없으세요?”

“아.”

미정은 미피 우유를 집어 왔다.

“그거 말고 피크닉 드시지. 미피만 보면 좀 깝깝하지 않아요? 입 꾹 다문 게. 왜 저렇게 입을 엑스 자로 꿰매고 있대요? 저거 진열할 때마다 입 좀 틀어 주고 싶다니까요.”

고미정은 자신도 모르게 픽 웃어 버렸다. 하긴 저 알바는 1분만 입을 꿰매 놔도 미쳐 버릴 타입이다. 듣고 보니 미피의 입매가 답답해 보이긴 했다. 미정이 미피를 처음 본 건 여섯 살 때였다. 엄마가 생일 선물이라고 건넸던 영어 동화책 속 토끼. 그 이후로 엄마는 문제집 이외의 책을 사 준 적이 없었다. 미피 동화책을 보고 또 보며 미정은 퇴근하지 않는 엄마를 기다리곤 했다.

“근데 왜 하필 피크닉이에요?”

“소풍 기분 나잖아요. 아, 나는 어릴 때 소풍 가면 아빠가 꼭 피크닉을 하나씩 넣어 줬거든요."

"도시락을 아버지가 챙겨 줘요?"

"지금은 아니고. 요리를 엄청 잘하셨거든요. 돈가스집도 오래 했고."

미정은 제 소풍 도시락을 떠올려 보았다. 소풍날 아침이면 옥란 이모님은 늘 같은 메뉴를 사 와 도시락 통에 담아 주곤 했다.

"난 김가네 못난이 김밥이랑 망고 맛 모구모구 사 갔는데."

미정은 말을 하면서도 제풀에 놀랐다. 잘 모르는 사람에게 불필요한 말을 하는 스스로가 낯설었다.

"아, 못난이 김밥 나도 엄청 좋아하는데!"

"뭘 좀 아시네요."

"헐! 아니, 그럼 지금 컵라면 먹지 말고 이따 나랑 못난이 김밥 먹을래요? 조금만 가면 저기 김가네 있는데."

평소의 고미정이었으면 '됐어요', '괜찮아요' 혹은 '제가 왜요?'를 시전할 차례였지만 이상하게 입은 다른 말을 뱉고 있었다.

"이 동네에요? 바르다김선생밖에 못 봤는데."

"어, 거기 맛있나? 거기로 갈까요?"

"싫어요. 이름에 선생 들어가서."

"으하하."

박수까지 치며 웃는 알바의 손에서 반지가 반짝였다.

'뭐야. 애인도 있는 게 왜 밥을 먹재.'

고미정의 표정이 다시 새침해졌다.

"근데 안 되겠어요. 학원 끝나면 열 시라."

"괜찮아요. 저도 열 시에 야간 알바랑 교대해요. 열 시에 그루밍 앞에서 볼까요?"

잠시 엄지손톱을 깨물며 생각에 잠겼던 미정이 작은 목소리로 말했다.

"……김밥은 제가 살게요. 저번에 빵값도 갚을 겸."

알바가 싱긋 웃었다.

"이따 봐요. 라면이랑 우유는 제가 제자리에 갖다 놓을게요."

"네."

어쩐지 얼굴이 더워진 미정이 고개를 숙였다.

'뭔가 페이스에 말린 것 같아.'

미정은 수업을 듣는 둥 마는 둥 했다. 오늘도 논술 수업은 심각하게 재미가 없었다. 논술 선생 노서영은 말발이 없었고, 행색도 초췌했다. 올리브유보다 매끄러운 화술에 K-성형 기술로 다듬어진 미모를 자랑하는 다른 강사들과 달라도 너무 달랐다.

'도대체 저 실력으로 어떻게 이 동네 학원가에서 버티고 있는 거지.'

그러면서도 미정은 노서영의 수업을 3년째 듣고 있었다. 다 죽어 가는 표정으로 학원 계단을 오르는 노서영의 옆구리에는 이상문학상 작품집 같은 게 끼어 있었다. 멸종하지 않고 살아남은 문학소녀라니. 그것만으로도 미정은 노서영에게 짠한 마음을 느꼈다. 여기서 수강생이 더 줄었다가는 저런 책을 사 볼 돈도 없을 것 같았다.

미정은 수업이 끝나자마자 학원을 빠져나왔다. 그루밍 앞에 다다르자 잠든 모찌가 보였다. 맞은편에서 후다닥 달려온 영만이 미정을 향해 손을 흔들었다. 편의점 조끼를 벗으니 훨씬 어려 보였다. 맨투맨 티에 슬링 백을 멘 모습이 꼭 덩치 큰 강아지 같았다.

'조커도 아니고 왜 저렇게 늘 웃고 있담.'

"어, 손님. 왜 거기서 나와요? 저쪽 건물 학원 다니는 거 아니었어요?"

"오늘은 논술 학원이고요. 저쪽 건물은 수학 학원. 거기서는 쫓겨나기 직전이에요."

"와, 학원이 학생을 쫓아내기도 해요?"

"그걸로 돈 버는 학원이거든요."

"학생 쫓아내는 걸로?"

미정은 대답 대신 고개만 한번 끄덕였다. 어색해진 분위기를 눈치챈 영만이 재빨리 화제를 돌렸다.

"손님이 쏜다니까 외식을 다 해 보네요. 원래는 도시락 싸서 다니거든요."

"와, 부지런하네요."

"이래 봬도 입맛이 까다로워서요. 입에 안 맞는 건 잘 안 먹어요. 어릴 때부터 그랬대요. 분유 대신 모유만 먹고, 이유식도 갓 만든 거 아니면 안 먹고. 냉장고 한번 들어갔다 나온 밑반찬엔 손도 안 대고. 그래서 박 여사한테 맨날 주제 모르는 입이라고 욕먹지만요. 으하하."

"박 여사요? 이모님?"

"아, 전 이모 없어요. 박 여사는 우리 엄마예요."

'희한한 인간이네. 엄마를 왜 박 여사라 부른담.'

자기도 엄마 대신 모친이라는 말을 쓴다는 걸 인지하지 못하는 고미정이었다.

"그리고 편의점 알바는 밥을 안 주거든요. 이 동네 밥값 비싸서 생활비 절약하려면 무조건 도시락 싸 와야 돼요."

알바와 절약. 둘 다 고미정에겐 낯선 단어였다.

'형편이 빠듯하니까 알바를 하는 거겠지. 겉보기엔 그냥 인생 신나는 도련님 같은데 말이야.'

미정은 자기 주변의 남자아이들을 떠올려 보았다. 생일 선물로 문구 세트 대신 할아버지 빌딩을 증여받는 아이들. 돌잔치 날 유아용 수트를 입고 청진기와 판사봉을 움켜쥐는 아이

들. 물리 올림피아드를 준비하면서도 첼로 레슨을 받는 아이
들. 사춘기 따위 생략하고 제 아버지의 미니어처가 된 아이들.

그러는 사이 김가네에 도착했다.

"식사 안 돼요."

주인아주머니의 목소리가 까칠했다. 앞치마와 머릿수건은
벗어 던진 상태였다. 열 시까지 쫄쫄 굶어 배가 고팠던 고미정
은 짜증이 올라왔다.

"지금 열 시 10분인데요. 아직 20분 남았잖아요."

미정이 문 옆에 쓰인 영업시간을 가리키며 말했다.

"학생. 마감 30분 전부터는 주문 안 받아. 마감 직전에 와서
주문하면 청소 싹 해 놓은 걸 다시 해야 하잖아. 나도 식당 정
리하고 퇴근해야지."

"지금 반말하셨어요? 저 아세요?"

미정이 뾰족하게 대꾸하자 주인이 미정을 빤히 바라봤다.
백영만이 잽싸게 끼어들었다.

"아이, 사장님. 저희 딱 김밥만 먹고 갈 건데 봐주시면 안 돼
요? 알바하느라 점심부터 아무것도 못 먹었거든요. 배고파서
진짜 쓰러질 것 같아요."

영만이 허리를 푹 수그리더니 배를 문질렀다. 배곯은 강아
지 같은 영만의 모습에 주인의 눈빛이 흔들렸다.

"진짜 아무것도 못 먹었어?"

"네, 요 근처 이마트24에서 알바하는데 손님이 많아서 이 시간까지 쫄쫄 굶었다니까요. 불쌍하죠?"

"으이그. 먹고살자고 하는 알반데 왜 굶고 그래. 그럼 옆에 저 여학생도 같은 알바인가?"

미정이 아니라고 말하려는 순간 백영만이 재빨리 대답했다.

"같은 알바는 아닌데 쟤는 저보다 더 못 먹고 일해요!"

주인이 미심쩍다는 눈으로 미정을 위아래로 훑었다.

"흐음…… 뭐 먹을 건데?"

"못난이 김밥 2인분이요."

"그건 한참 전에 단종됐어."

고미정이 한숨을 쉬었다. 되는 일이 없었다.

"저 까칠한 여학생도 그걸 좋아하나 보지?"

주인의 말속에 여전히 가시가 있었다. 고미정이 뭐라고 받아치려는데 백영만이 또 선수를 쳤다.

"네, 네! 저 친구가 오랜만에 먹고 싶다고 해서 온 거예요. 부모님이 바쁘셔서 소풍날마다 그 못난이 김밥을 사 갔대요. 추억의 음식인 거죠."

주인의 표정이 부드러워지더니 의자에 걸쳐 두었던 앞치마를 다시 맸다.

"에라, 기분이다. 그까짓 거 뭐 대애충 주먹밥에 김 가루 묻히면 되는 거니까 해 줄게. 값은 기본 김밥 값으로 줘."

“와, 감사합니다! 사랑합니다! 사장님!”

영만의 너스레에 사장의 입꼬리가 슬며시 올라갔다.

‘웩, 사랑은 얼어 죽을.’

고미정은 삐딱한 눈으로 백영만을 쳐다보면서도 오랜만에 못난이 김밥을 먹는다는 생각에 설렜다. 테이블에 앉자마자 백영만은 휴지 위에 수저를 놓고 물을 떠 왔다. 빛보다 빠른 움직임이었다. 어쩐지 자신보다 한참 어른 같다는 느낌이 들었다. 고미정은 궁금증을 이기지 못하고 질문을 던졌다.

“몇 살이세요?”

“맞춰 봐요.”

백영만이 싱글싱글 웃었다.

“으음, 스무 살? 스물한 살?”

“헐, 저 이래 봬도 고등학생입니다.”

“네?”

“열아홉. 낙천고 3학년이에요. 그쪽은 고1? 고2?”

자그마한 체구의 고미정은 실제 나이보다 어려 보이는 편이었다. 170센티미터를 훌쩍 넘는 윤지완이 아니라 아담한 고길상의 유전자를 물려받은 게 분명했다.

“저도 고3이거든요. 이 근처 소명여고 3학년.”

“진짜? 그럼 우리 말 놓자.”

“……”

“싫어?”

미정의 눈치를 살피던 영만이 뒤늦게 “요?”를 덧붙였다.

“아니.”

“좋아. 이름은 뭔데? 나는 백영만이야. 아빠가 좋아하던 만화가 이름인데 그 사람 책 보고 음식 장사하기로 맘먹으셨대.”

“내 이름은 고미정. 왜 그렇게 지었는진 잘 모르겠어. 그냥 미정 인생이란 뜻인 건지…… . 암튼 그 만화가인지 미식가인지는 신문에서 본 적 있어. 난 그런 사람들이 너무 싫어.”

“왜? 너 먹는 거 싫어해? 안 그래도 맨날 똑같은 거 먹는 게 신기하긴 했어.”

“귀찮아. 하루 세끼를 챙겨야 한다는 게. 인간은 너무 효율이 떨어지는 생물이야.”

“사람이 평생 먹는 끼니 수가 그렇게 많지 않다, 너. 그런 생각하면 난 한 끼 한 끼가 소중하던데. 한번 거른 끼니는 다시 못 먹잖아.”

“많지 않긴. 삼시 세끼 먹는다 치면 1년에 1095끼. 대충 1000끼로 잡고. 대한민국 여성 평균 수명 90세, 남성 평균 수명 86세. 그럼 여성은 9만 끼, 남성은 8만 6000끼, 평균 8만 8000끼인데 그게 적어? 생각만 해도 지긋지긋하다.”

“오, 너 수학 엄청 잘한다.”

“이래 봬도 연산왕 출신이야.”

"그러니까 그 학원 다니는구나. 편의점 사장님이 거기 다니는 애들 다 수학 영재라던데."

"옛날 이야기지. 이젠 낙오자일 뿐이야."

"낙오자?"

"거기는 점수 떨어지면 계속 아랫반으로 밀어내거든. 밀어낼 데도 없으면 쫓아내고. 그래서 내가 쫓겨나기 직전인 거고."

"살벌하네."

"현실적인 거지. 이 동네 현실이 살벌하니까. 원래 교육의 목적이 그런 거 아냐? 현실의 쓴맛을 찍먹해 보고, 세상사의 험난함을 예행연습하고."

뭘 또 그렇게까지, 하고 생각하던 영만은 미정의 어두운 표정을 보고 얼른 대답을 주절주절 늘어놓았다.

"하핫, 내가 학원은 태권도밖에 안 다녀 봐서. 하긴 거기도 띠 색깔로 급 나누긴 했다."

"암소수학 담임이 맨날 하는 말이 있어. 사자는 자기 새끼를 절벽에서 밀어 키운다. 살아서 기어 올라온 놈만 키우고, 못 돌아온 애들은 과감하게 유기, 아니 폐기. 그것이 야생의 법칙이로다."

"동물의 왕국이네."

"식물은 뭐가 다르고? 가지치기는 필수지."

영만은 언젠가 백종민이 한 말을 떠올렸다. 돈가스집이 망한 뒤, 빚에 몰린 백종민은 가로수 가지 치는 일을 하고 온 적이 있었다. 그날 저녁 파스를 붙이며 백종민이 말했다. 사람들이 참 잔인하다고. 원래는 겨드랑이 생장점을 남겨 두고 가지를 쳐야 하는데 대충 잘라 버린다고. 그런 나무는 태풍이 오면 쓰러지기 쉽다고. 어떨 때는 귀찮으니까 일부러 가지를 과하게 쳐서 나무를 반쯤 죽여 놓는다고 했다. 수형이 안 좋다는 핑계를 대고 다른 수목으로 교체하려고.

"암튼 낙오자라는 말은 너무하네. 자기 자신한테."

영만이 정색을 하며 말했다. 처음 보는 진지한 표정이었다. 미정이 잠깐 멍하니 있다 말했다.

"낙오자를 낙오자라고 하지 뭐라고 해. 너 못난이 김밥이 단종된 게 뭘 의미하는지 알아? 이제 김밥조차 못나면 안 되는 거야. 낙오되는 거지."

미정이 말을 마치자마자 못난이 김밥 두 접시가 나왔다. 기억 속의 그 김밥 그대로였다.

"와아, 진짜 못난이 김밥이네요. 사장님 최고!"

영만은 주인을 향해 쌍 엄지를 들어 보였다. 피로로 까칠하던 주인의 얼굴에 흐뭇함이 떠올랐다.

"그래. 맛있게들 먹어."

"감사합니다."

들릴 듯 말 듯한 목소리로 미정이 말했다.

“그려, 많이 먹어. 그래야 옆에 오빠만큼 크지.”

“오빠 아니고 동갑이에요.”

미정이 굳이 해명을 했다.

“그래? 거 총각이 하도 성숙해 보여서.”

“사장님은 식사하셨어요? 혼자 일하시면 식사 챙기기 어려우실 텐데.”

영만이 곰살궂게 말했다.

“먹었지. 아휴, 속도 깊네. 그런 걸 다 챙겨 주고.”

“저희 아버지도 식당 하셨거든요. 영등포에 망고돈가스라고.”

‘망고?’

미정은 흠칫하며 영만의 팔뚝을 바라보았다.

“으응, 아버지가 돈가스집 하시고 자기가 알바도 하니까 일 돌아가는 사정을 좀 아는구나.”

“지금은 없어졌어요. 저희 집 가훈이 ‘망해도 고!’여서 망고였는데, 이름 따라가느라 가게가 진짜 망해 버렸거든요.”

“오메, 고생이 많았겠구만.”

그때 주인아주머니의 앞치마 주머니에서 구성진 트로트 가락이 울렸다.

“어, 우리 공주!”

주인이 온몸으로 특급 환희를 내뿜으며 주방으로 사라졌다. 그걸 보는 고미정은 입안이 썼다. 윤지완은 고미정에게 아무리 급한 일이 있어도 문자로 말하라고 했다. 진료 중이나 방송 촬영 중에 전화가 울리면 곤란하다면서. 섭섭하긴 했지만 어차피 모친에게 전화를 걸 일도 없었다.

젓가락을 내려놓은 고미정은 자기도 모르게 김밥 대신 손톱을 씹기 시작했다. 손톱 주위는 뜯긴 거스러미와 피딱지, 부어오른 염증으로 엉망이었다. 그런 고미정을 바라보던 백영만이 입술을 동그랗게 벌렸다.

"아."

"아?"

얼결에 따라 벌어진 미정의 입안에 고소하고 따끈하고 짭조름한 것이 쑥 들어왔다. 놀란 고미정은 몇 번 씹지도 않고 그것을 꿀떡 삼켜 버렸다.

"어우, 왜 그렇게 급하게 먹어?"

"습관이야. 학원에서 밥 시간을 따로 안 줘서 걸으면서 길밥 하거나 숙제하면서 먹다 보니까."

"맨날 혼자 먹어?"

"응."

단답했던 미정이 정적을 깨닫곤 허둥지둥 말을 덧붙였다.

"난 밥 같이 먹는 친구 없거든. 뭐, 혼자 편의점 들락거릴 때부터 티 나지 않았어?"

"뭐? 아니, 이 동네 친구들 정말 고독하게 사네. 어릴 때 친구도 없어?”

“어린 시절이랄 것도 없어. 누구랑 뭐 하면서 놀았는지 같은 기억이 하나도 없으니까. 맨날 저 학원가 횡단보도에서 초록 불 기다리면서 딸기우유, 초코우유 먹었던 게 기억의 전부야.”

“내가 밥 친구 해 줄게. 밥 먹고 싶을 때 불러.”

“밥값은 내가 내고?”

미정이 헛웃음 치며 묻자 영만이 히죽 웃었다.

“밥값 대신 비밀 이야기해 줄게. 친구니까.”

미정의 심장이 또 눈치 없이 뛰기 시작했다. 그걸 숨기려 얼른 되물었다.

“비밀?”

“아까 우리 아빠 돈가스집이 망했다고 했잖아. 망하면 끝인 줄 알았는데 아니더라. 엄마는 계 모임 사기당하고, 아빠는 가출하고…… 나쁜 일이 비엔나소시지처럼 줄줄이 딸려 오는 거야. 뭔가 한번 망한 사람은 계속 망해야 된다는 법칙이라도 있나 봐. 그 와중에 내가 제일 짜증 났던 게 뭔지 알아?”

“뭔데?”

“아빠가 집을 나간 날이 하필이면 크리스마스였다는 거야.”

“윽, 심했다.”

“엄마가 크리스마스마다 너무 우울해하길래 내가 새로운 전통을 만들었어. 뭐냐면, 중식을 거하게 먹는 거야. 계산은 내가 하고. 산더미처럼 시킨 음식을 엄마랑 나랑 해치우고 나면 배도 든든하고 기분도 좋아지더라. 아빠 없이도 엄마랑 나랑 이렇게 잘살고 있구나 하는 생각이 들어서. 배가 터질 것 같아도 식사로는 꼭 짬뽕을 먹었어. 눈물 쏙 빠지게 매운 걸로.”

“그랬구나. 나도 크리스마스마다 짬뽕을 먹지 않았나 싶네. 편의점 오징어짬뽕이긴 해도.”

“오, 우리 좀 통하네?”

영만의 너스레에 미정의 얼굴이 짬뽕 국물처럼 벌게졌다.

“통하긴 뭐가 통해.”

“하핫. 아무튼 짬뽕까지 다 먹어 치우고 나면 또 다음 크리스마스까지 열심히 살 기운이 났어. 그러고는 생각했지. 이렇게 사람들을 먹여 살리는 일을 해야겠다, 하고.”

“요식업이 꿈이라서 그런 책을 보고 있었구나. 『장사의 신』. 그럼 네 꿈은 중식 요리사야?”

“아니, 요리사 말고 과일 장사. 도망가 버린 아빠 보란 듯이 성공할 거야.”

영만이 팔뚝의 망고 문신을 가리키며 말했다.

“안 그래도 그 타투 보고 궁금했는데. 왜 하필이면 과일 장사야?”

“돈 없을 때 제일 먹기 힘든 게 과일이거든. 중학교 때 집이 경매 넘어가서 잠깐 친구 집에 얹혀살던 때가 있었어. 어느 날은 친구 어머니가 시리얼을 주셔서 먹고 있는데, 친구 것만 우유가 핑크색인 거야. 뭐지, 딸기우유인가, 하면서 봤더니 밑에 딸기가 숨어 있었던 거지. 자식한테 과일을 먹이고는 싶은데 나까지 주긴 부족하고. 그래서 그러셨을 거야. 웬 다 큰 남자애가 들이닥쳐서 밥만 축내니 친구 어머니도 힘드셨겠지. 그땐 그랬어. 남의 집 밥상에 앉아 있는 내 모습이 부끄럽기도 하고, 그 딸기 맛이 궁금하기도 하고."

미정은 순간 눈앞에 앉아 있는 덩치 큰 아이가 배고픈 중학생으로 보였다. 그리고 생각했다.

'난 아빠가 망고 빙수 사 준대도 귀찮아했는데. 복순 이모님이 깎아 주는 과일도 남기고. 그러고 보니 이모님은 그 과일들 맛보신 적 있을까?'

"그때 이 백영만의 머릿속에 사업 아이디어가 파바박 떠오른 거지."

영만이 제 잘생긴 이마를 탁 때리며 말했다.

"이름하여 못난이 과일 부활 주스!"

"못난이 과일은 또 뭐야. 못난이 붙은 게 왜 이렇게 많아."

"우리 집이 돈가스집 전에는 과일 장사를 했거든. 이게 과일에도 등급이 있다? 색깔 좀 얼룩덜룩하고 크기 좀 들쑥날쑥하면 상품성 안 나온다고 가격을 후려치는 거야. 그런데 맛은 똑같아! 더 맛있을 때도 있고."

"그래? 암소수학이랑은 다르네."

그런 얼룩덜룩, 들쑥날쑥한 과일을 먹어 본 적이 없는 미정이었다.

"그래서 난 모양이랑 당도로만 과일 급 따지는 게 싫어. 비슷비슷한 열매들만 보기 좋게 포장해 놔서 진짜 과일이 아니라 모형 같잖아. 아빠 말로는 사람들이 새빨간 사과만 좋아하니까 농장에선 나무 아래에 반사판을 붙여 놓기도 한대. 열매를 위아래 똑같이 빨갛게 만들려고. 그러니까 크기도 모양도 규격에 안 맞는 못난이 과일들은 출하도 못 하고 자꾸 쌓여 가는 거야."

"그래서 그렇게 외면받는 과일들을 떼어다가 주스로 판매하겠다? 일종의 패자 부활전이네."

"정답."

"꿈을 갖게 해 주셨으니 그 친구 엄마분께 감사해야겠다."

"가출해 주신 아빠한테도 감사해야겠지."

"그래서 그 주스 장사는 언제부터 할 건데?"

"밑천 마련하면. 벌써 꽤 모았어."

"대단하다. 난 돈이라는 걸 언제쯤 벌 수 있을까? 지금은 그냥 엄마 아빠 돈 빨아들이는 돈벌레 같아. 들어간 학원비에 비해서 결과물도 형편없고. 돈 쓰는 것 말고 버는 것도 좀 해 보고 싶다."

“무슨 소리야. 돈벌레라니. 너는 애가 왜 그렇게 자학을 하냐.”

“우리 집에서는 고당도 과일 아니면 취급 안 하거든. 비싼 돈 들여서 키웠는데 수확해 보니 못난이 과일 같은 자식인 거지. 우리 엄마 실망이 이만저만이 아냐. 자식 농사 망한 거니까. 생전 망해 본 적 없는 우리 엄마가. 이제 수능까지 망치고 나면 박스째 갖다 버릴걸. 그러고 보니 우리 집 가훈도 망고는 망고네. 우리 집은 망하면 바로 고 아웃이니까. 대신 망고 주스로 부활할 가능성 같은 건 없어.”

“…….”

“뭐야. 나 왜 이런 얘기까지 하고 있냐. 아무튼 주스 사업 성공하길 바랄게. 기왕이면 거기에 프로틴도 몇 숟갈 넣어. 요새는 제로 아니면 프로틴이어야 잘 팔리는 것 같더라.”

순간 백영만이 젓가락을 탁 내려놓았다.

“혹시 단백질 셰이크 그분이 너희 엄마야? 윤지완 교수?”

“뭐야, 너 내 뒷조사하고 다녔어?”

“헐, 진짜로? 설마 했는데 이게 맞네. 아니, 우리 엄마가 홈쇼핑 보고 있는데 거기 셰이크 광고하는 사람이 암만 봐도 너랑 닮은 거야.”

“나 우리 엄마 안 닮았는데. 다들 나는 엄마 발끝도 못 따라간다더라.”

"엥, 네가 훨씬 예쁜데. 그리고 네가 왜 엄마 발끝을 따라가
야 되는데?"

백영만이 해맑은 얼굴로 되물었다. 순간 고미정은 차가운
주스를 원샷했을 때처럼 찌릿한 통증을 느꼈다.

'그래, 내가 왜 엄마를 따라가야 하지?'

자신을 부끄러워하는 사람을 따를 필요가 있을까. 엄마니까
사랑할 수밖에 없었지만 그 사랑을 계속하는 건 무척 힘이 들
었다.

'윤지완 교수가 도착한 데가 어딘데? 무시하는 남편과 공동
명의인 건물? 눈에 안 차는 딸이 뭉개고 있는 집? 아픈 사람들
만 북적대는 병원? 그것도 아님 약통으로 가득 찬 화장대?'

하지만 세상은 윤지완을 완벽한 사람으로 추앙했다.

"우리 엄마는 예쁘기만 한 게 아니라 엄청 똑똑해. 대신 인
간미는 없지만. 우리 아빠는 착하긴 한데 그 뭐냐, 좀 근성과
야망이 없고. 나는 두 사람의 잘못된 만남에서 나온 혼종이야.
꼭 그 펫숍에 있는 말티푸처럼. 영리한 푸들도 아니고, 귀여운
말티즈도 아니고. 애매하지."

"맨 아랫줄 강아지 맞지? 난 걔가 제일 좋던데."

영만의 말에 미정의 목소리가 높아졌다.

"정말? 너도 그래? 나도 사실 걔가 제일 좋아. 내가 이름도
지어 줬다? 모찌라고. 그루밍에선 이름도 안 지어 줬더라고."

"그럼 이제부터 나도 모찌라고 불러 줘야겠다."

그때 통화를 마친 주인이 주방에서 나왔다.

"우리 이제 갈까? 저분도 퇴근하셔야지."

"그래."

"이건 약속대로 내가 살게."

"잘 먹었습니다, 물주님. 잘 먹었습니다, 사장님."

백영만은 자리에서 일어나 미정과 주인을 향해 폴더 인사를 했다. 참으로 잘 구부러지는 허리였다.

'쟨 확실히 뭘 해도 하겠어. 내추럴 본 영업 사원 재질이야.'

미정이 속으로 중얼거렸다.

"배고프면 또 와. 거 대충 못나게 만들어 줄게."

"어? 지금 말 기억할 거예요, 저? 약속하신 거예요?"

영만이 애교 부리듯 주인에게 팔짱을 끼자, 주인이 영만의 등을 툭툭 두드렸다.

"늙으나 젊으나 없이 살면 뱃속이 허한 법이야."

그렇게 말한 주인이 고미정을 흘긋 보며 덧붙였다.

"거기도 같이 오고 싶음 오고."

그러고는 내쫓듯이 가게 문을 열어젖혔다. 백영만과 고미정은 다시 한번 고개 숙여 인사한 뒤 거리로 나왔다. 미정은 오랜만에 기분 좋은 배부름을 느꼈다. 배꼽 안쪽에서부터 따뜻한 촛불이 너울거리는 느낌. 콧노래가 흘러나오려는 것을 참으며 표정 관리를 했다.

두 사람은 곧 버스 정류장에 도착했다. 제 몸만 한 가방을 멘 어린아이들이 한 손에는 영단어장을, 한 손에는 마실 것을 든 채 전광판을 바라보고 있었다. 딸기우유, 초코우유, 바나나 우유. 하나같이 달콤한 빛깔의 우유들. 학원 뺑뺑이의 쓴맛을 단맛으로 덮어 보려는 발버둥일까. 미정은 그 아이들의 얼굴에서 공차를 마시던 제 모습을 발견했다.

자기가 세상의 중심이자 우주 최고 천재라 믿어도 이상하지 않을 나이에 자신의 등급을 너무 정확히 통보받는 아이들. 겨우 10대에 공부 인생이 망했다고 고지받는 아이들. 미정이 아련하게 보거나 말거나 아이들은 빨대 끝에 입술을 대고 쪽쪽 빨기 시작했다.

멍하니 생각에 잠긴 미정을 바라보던 영만이 주머니 속의 핸드폰을 꺼내 들이미는 찰나였다.

"고미정, 전화번……."

"어? 어? 나 저거 타야 되는데! 안녕, 조심히 가!"

미정은 뒤도 돌아보지 않고 버스로 달려갔다. 순식간에 혼자 남은 영만은 다시 핸드폰을 주머니에 집어넣었다. 흔들리며 멀어지는 포니테일의 꽁무니가 어쩐지 안쓰러웠다.

6장

스파르타논술

11월 셋째 주. 집 안 공기는 지구 온난화 이전의 북극을 방불케 했다. 수능을 대차게 말아먹은 미정은 밥을 안 먹어도 배가 불렀다. 화장실에 갈 때는 숨을 참은 채 발뒤꿈치를 들고 살금살금 걸어 다녔다. 방해 금지 모드를 켠 아이폰처럼 무음 인간이 되어야 했다.

대형 입시 학원들이 내놓은 가채점 배치표에 따르면 미정이 갈 수 있는 의대는 대한민국 어디에도 없었다. 신동으로 촉망받던 유년기에 비하면 지나치게 초라한 성적표였다. 수능 당일에만 울고불고했을 뿐, 금세 그럴 기운조차 떨어진 미정은 제 앞에 펼쳐진 재수의 운명을 감내하기로 마음먹었다. 어차피 이 동네에서는 재필삼선, 재수는 필수요 삼수는 선택 아니었던가.

윤지완은 삼남매를 모조리 서울대에 보냈다는 돼지 엄마의 입시 연구소에 가서 컨설팅 결과를 받아 왔다. 일단 무리해서라도 상향 지원을 하고 논술과 면접으로 승부수를 띄워 본 뒤, 다 떨어지면 춘천의 기숙형 재수 학원에 입소하는 것으로 결론이 났다. 미정이 검색해 본 그 학원의 시스템은 클래식한 멋이 있었다. 훈육 동의서에 사인을 해야 들어갈 수 있는, 자물쇠 반의 원조 같은 곳이었다. '하루 순공 시간 600분!'을 캐치프레이즈로 건 곳. 촘촘한 방화벽 시스템으로 인강 사이트를 제외한 모든 유해 정보를 차단하는 곳.

스마트폰에 중독된 현대인이라면 그런 곳에 들어가기를 한 번쯤 고려해 볼지 모르겠지만, 핸드폰마저 구식인 미정에게는 '해당 없음'이었다. 거기 들어가면 전담 플래너가 상주하면서 미정이 공부를 하는 건지 공상에 잠긴 건지 하루 종일 감시할 터였다. 쉬는 시간 외에는 화장실에 갈 수도, 음식을 먹을 수도 없었다. 물론 어딜 나갈 수도 없었다. 지문 인식 시스템을 통해 기록된 입퇴실 시간이 자체 평가 성적과 함께 윤지환에게 전송될 테니까.

그 주 토요일, 미정은 스파르타논술에 가기 위해 대치동 버스 정류장에 하차했다. 학원가 골목에 들어서자마자 머릿속에 못난이 김밥과 잘생긴 영만의 얼굴이 출몰했다. 뚱한 표정의 미피조차 전염될 수밖에 없는 명도와 온도의 웃음. 보고 있으면 안심이 되고 배가 고파지는 웃음. 허기라는 감각에 무뎌진 지 오래였는데, 뭔가 이상한 일이 일어나고 있었다. 그럴 때마다 미정은 포니테일을 달랑달랑 흔들어 그 웃는 얼굴을 쫓아 보냈다.

'뭐야, 고미정. 너 예비 재수생이야. 정신 차려.'

두 시간 넘게 이어진 모의 논술과 피드백 끝에 미정은 마른 행주가 되어 건물 밖으로 나왔다. 용기를 내 이마트24에 들어가 봤지만 어찌 된 일인지 영만의 모습은 보이지 않았다. 처음 보는 여자 아르바이트생이 계산대 앞에 서서 바코드를 찍는 중이었다.

"2800원입니다."

힘이 쭉 빠져서 라면 생각도 달아났다. 미피 우유만 사서 나가려는데 계산 중인 손님의 뒷모습이 눈에 익었다. 방금 전까지 교실에서 오규원의 시를 놓고 강의하던 논술 선생 노서영이었다. 선생은 계산을 마치자마자 플라스틱 컵 커피에 빨대를 꽂으며 허둥지둥 나갔다. 초록색 세이렌이 은은하게 미소 짓고 있는 스타벅스 라테. 아까 「프란츠 카프카」를 해제할 때 선생의 목소리가 약간 갈라지더니, 목이 말랐던 모양이다.

'그 시에서는 제일 싼 프란츠 카프카가 800원이었지. 설마 편의점 커피밖에 사 먹을 돈이 없나……?'

계산을 마친 미정이 선생을 뒤따라갔다. 평소 같으면 지나쳤을 텐데 어쩐지 그러면 안 될 것만 같았다.

"선생님."

"어어, 미정이구나."

가까이서 본 선생의 얼굴은 자다 일어난 모찌만큼이나 부스스했다.

'40대 초반이랬는데 쉰이 다 된 윤지완 교수보다 늙어 보여.'

미정은 닭가슴살보다 퍽퍽한 노서영의 피부를 보며 생각했다. 인기 강사들은 청담동 숍에서 갓 나온 듯한 헤메코를 유지했다. 다들 학벌이나 스펙은 준수하니 변별력은 결국 외모에 있었다.

아이들도 강사의 외모를 따졌다. 진짜 연애를 하기엔 기운이 없고, 연애 프로그램을 시청하기엔 시간이 없었다. 그들에게는 합법적으로 덕질해도 되는 학원 강사가 또 다른 아이돌이었다. 인강도 비주얼이 좋아야 최애 직캠인 듯 보며 졸음을 떨칠 수 있었다. 아이들은 강사를 사랑하려 노력했고, 강사들은 사랑받으려 노력했다. 수요와 공급이 착착 맞물렸다. 한국 말고 전 세계 어디에서 학원 강사 얼굴이 붙은 편의점 도시락, 이름하여 '일타 덮밥'을 팔겠는가.

"그게 저녁은 아니시죠?"

입을 떼 놓고도 미정은 스스로 놀랐다. 백영만의 오지랖엔 전염성까지 있었던 걸까. 식사 시간이 학생들에게만 없다고 생각했는데, 그건 선생들도 마찬가지였다는 걸 새삼 깨달은 미정이었다.

"어, 퇴근하기 전까지 허기만 때우는 거지."

"삼각김밥 같은 거라도 드시지."

미정이 오징어짬뽕만 먹는 제 식습관은 생각도 않고 말했다.

"둘 다 손에 든 건 마시고 들어갈까?"

"네."

두 사람은 벤치에 나란히 앉았다.

"미정인 우리 학원 참 꾸준히 다니네. 다른 애들은 원데이 렌즈 갈아 끼우듯이 바꾸는데."

"그럴 열정도 없어서요."

"빈말이라도 내 수업 괜찮다고 좀 해 주지."

"처음보단 훨씬 나아지셨어요."

"그렇지?"

버릇없게 들릴 수도 있는 말이었는데 선생의 얼굴에 화색이 돌았다. 아닌 게 아니라 미정이 고1 때 들은 강의는 참담할 지경이었다. 『난장이가 쏘아 올린 작은 공』을 설명하다 혼자 울분을 터뜨리고, 기형도의 「엄마 걱정」을 해제하다 눈물을 글썽거리는 선생을, 아이들은 스탠딩 코미디 쇼를 보듯 했다. 기출 논술 위주로 수업을 해도 모자랄 판에 자꾸 칸트가 어쩌고 니체가 어쩌고 진지하게 들어가는 통에 비웃음을 사기도 했다. 더 적극적인 애들은 부모에게 일러 클레임을 넣었다. 3월 한 달 만에 반 넘는 수강생이 썰물처럼 빠져나갔다. 이름은 노서영인데 수업은 노 소용이라는 한 줄 평을 남긴 채. 그럼에도 잘리지 않은 건 스파르타 원장이 노서영의 대학 선배이기 때문이라는 소문이 돌았다.

시간이 약인지 그랬던 선생도 이젠 제법 이 동네 강사 꼴이 박혔다. 언제부턴가 애들 입맛에 맞춰 수업을 하기 시작했다. 잘 가르치기보다는 잘 가르치는 것처럼 보이는 데 신경을 쓰는 눈치였다. 능란한 척하느라 부러 냉담한 악담을 던지기도 했다. 문학은 느끼는 게 아니라 외우는 거라고, 문학을 느꼈다간 자기 꼴 나니 그러지 말라고 자학과 위악을 시전하기도 했다.

그래도 강사를 쇼핑하듯 장바구니에 담았다 삭제하는 이 동네에서는 비인기 강사 신세를 면치 못했다. 언젠가 학원 교무실에 숙제를 내러 갔다가 일타 강사들의 강의 동영상을 시청하고 있는 선생의 뒷모습을 목격한 적도 있는 미정이었다. 헤드폰을 낀 선생의 뒤통수는 성근 머리숱 때문에 더 쓸쓸하고 초라해 보였다. 다른 강사들은 요일별로 목동이나 안양으로 원정을 다닌다던데, 노서영에게는 그런 기회도 없는 것 같았다.

"선생님 진짜 순수하셨는데."

"그땐 공부하던 가락이 남아 있어서 혼이 비정상이었어. 문학이 곧 자유라고 믿던 때였지."

그랬다. 그 시절 노서영은 자신이 공부한 것과 가르치는 것 사이의 낙차에 멀미가 났다.

'대학 다닐 때만 해도 문학은 무용해서 유용하다는 명제에 가슴이 설렜는데. 이 동네에 와 보니 문학은 수능에 나와서 유용하더군.'

그럼에도 여전히 문학이 좋았다. 좋은 게 문제였지만. 월급을 받는 족족 책을 사들이는 데 써서 비좁은 원룸은 방이라기보다 책 무덤에 가까웠다. 석사 과정에 진학할 때만 해도 그 많은 책 중에 제 이름이 박힌 책도 생길 줄 알았는데.

학원 홈페이지 프로필엔 서울대 국어국문학과 학사 및 석사 졸업이라고 기재해 두었지만 사실 석사 논문을 다 못 쓰고 수료 상태로 도망 나왔다. 그러니 엄밀히 따지자면 학력 위조랄 수도 있었다. 사실대로 적고 싶다고 말해 봤지만 원장이 딱 잘라 거절했다.

"위조가 아니라 생략이지. 석사 뒤에 괄호 열고 수료, 다시 괄호 닫고. 걱정 마. 이 동네 학부모들이 아무리 별나도 석사 졸업 증명서까지 보여 달라고는 안 해."

착각이었다. 제 자식을 가르치고 있는 강사의 학위 논문을 찾아본 사람이 있었다. 세상엔 그런 학부모도 있는 것이다. 결국 원장은 그 학부모를 만나 손이 발이 되도록 빈 다음 노서영의 프로필을 수정했다. 속이 쓰렸지만 대학원에서 도망 나온 것을 후회한 적은 없었다. 능력도, 야심도, 비위도 부족했다. 무엇보다 마흔까지 버틸 돈이 없었다. 교수 자리는 언감생심이었다.

그런 노서영에게 대치동 강사 생활은 쉽지 않았다. 영악하고 시니컬한 대치동 아이들 때문에 상처받은 일이 부지기수였다. 하지만 밥도 못 먹고 공부하는 아이들을 보면 짠한 마음이 들었다. 귀티 나는 얼굴과 달리 엉덩이에 종기가 나서 선 채로 수업을 듣던 아이들. 아침 열 시부터 밤 열 시까지 일명 텐텐 특강을 듣느라 변비로 얼굴이 누레졌던 아이들. 아이들은 짬이 나면 올리브영에서 화장품 대신 프룬 주스를 사 오곤 했다.

자기들만의 전투 중인 그 아이들이 전장에서 이탈하지 않는지 감시하기 위해 검은 옷을 입고 미행하는 엄마들도 있었다. 원장은 그들을 대치동 CSI라 부르며 비웃었지만 글쎄, 엄마들만 마녀 취급하고 끝날 문제도 아니었다. 학원가 뒷골목에 요새도 전당포가 있다는 걸, 아빠들은 모르는 과외비와 특강비 때문에 몰래 가방을 맡기는 엄마들이 있다는 걸 노서영은 알고 있었다. 나름의 방식으로 노력해 보지만 정작 남편에게도, 아이에게도 인정받지 못하는 엄마들의 외로운 사투. 학부모 상담을 하면 서영을 붙잡고 눈물을 흘리는 엄마들도 많았다. 모두가 각자의 불안을 감당하지 못하고 서로를 불태우고 있었다.

'그렇게 공부시켜 봤자, 명문대 보내 봤자…… 쟤네들은 내가 되겠지.'

이따금 그런 생각을 했다. 천지도 모르는 생각이었다. 저 아이들에게는 자신과 달리 명품 매트리스보다 두툼한 안전망, 즉 부모의 재력이 있었다. 지문으로 나온 빈곤 문제를 다루거나 70년대 문학 수업을 하다 보면 그 사실이 적나라하게 드러났다. 능력주의를 모유처럼 먹고 큰 아이들은 빈곤을 조롱하고 혐오했다. 그래야만 그것과 절대 엮이지 않을 수 있다는 듯이. 노서영에게 뭔가를 배우면서도 노서영처럼 되고 싶어 하는 아이는 아무도 없었다.

서글픈 학원 강사 생활은 밤낮의 바이오리듬을 남들과 정반대로 바꾸어 놓았다. 남들 퇴근할 때 출근하는 일이 다반사였다. 지옥철을 타고 한티역까지 오느라 힘들었다는 하소연을 하면 아이들은 이렇게 말했다.

"쌤, 돈 벌어서 차 좀 모세요. 그 나이에 차도 없으면 어쩌려고 그러세요."

대학원 조교 시절, 학회 간사를 하려면 학술지 옮길 차가 있어야 한다고 지도 교수가 몰아대는 통에 200만 원 주고 산 중고차 한 대가 있긴 했다. 하지만 그걸 몰고 다니다 이 동네 학부모들의 차를 긁어 놓기라도 하면 원룸 보증금을 빼 줘야 할지도 모른다.

그런 생각을 하자 입안이 텁텁해졌다. 남은 커피를 빨대로 쭉 빨아올리는 노서영을 보며 미정이 말했다.

"근데 선생님, 저번에 동물권 지문 풀어 주시면서 채식주의

자라고 하지 않으셨어요? 편의점 라테 그거 믹스 커피잖아요. 우유 들었는데.”

“믹스 커피는 우유가 아니라 자양 강장제야. 죽은 소도 일으 켜 세워.”

노서영의 농담인지 뭔지 모를 낡은 말투를 수강생들이 싫어 한다는 사실을 알려 줄까 말까 망설였다.

“그리고 난 채식주의자가 아니라 채식 지향자야. 과일이랑 채소 제때 사서 먹으려면 돈도 시간도 필요한데 내 주제엔 어 렵지. 그냥 덩어리 고기만 피하는 비덩주의자라는 게 맞겠네. 혹은 초가공 식품만 먹는 정크 비건.”

“어쩌다 비덩주의자가 되셨어요?”

“내가 치와와 한 마리랑 살았거든.”

“정말요?”

마음만 애견인인 고미정의 눈이 반짝였다.

“임보하다 입양하게 됐는데 하얀 치와와였어. ‘이상’이라고, 내가 이상의 「날개」로 논문 쓸 때 데려와서 이름이 그래. 암튼 이상이 피부병 때문에 버려졌던 애라 털을 못 길렀어. 웅크려 서 자고 있는 걸 보면, 뭐랄까. 이런 말 좀 그렇지만 털 뽑힌 닭 같았거든. 하루는 삼계탕을 먹으러 갔는데 뚝배기 속에 있는 닭이 꼭 우리 이상 같지 뭐야. 그때부터 고기를 잘 못 먹겠더라 고. 내가 키우는 애나 내가 먹는 애나 다 비슷해 보여서.”

“아.”

이 불혹의 문학소녀가 제법 귀엽다고 미정은 생각했다.

“선생님 일하실 때 이상은 집에 혼자 있어요?”

“얼마 전에 무지개다리 건넜어. 넓디넓은 천국에서 뛰어노느라 신났을 거야. 집주인 몰래 키우느라 산책도 자주 못 나갔거든. 이 나라에서는 강아지도 자기 집 있는 사람만 키울 수 있는 거더라고.”

“아, 죄송해요.”

“죄송은 무슨. 이제 들어가자.”

벤치에서 일어선 두 사람은 학원 건물 앞에 모델 같은 자태로 서 있는 남자를 발견했다. 미정의 눈이 휘둥그레졌다. 서영은 미정과 남자 사이에 감도는 묘한 기류를 눈치챘다.

“어유, 미정이 남자 친구가 참 잘생겼네. 얘기 좀 나누다 수업 들어와.”

서영이 건물 안으로 사라지자 그제야 영만이 밝게 웃으며 말했다.

“편의점에서 나 찾았지?”

“무슨.”

미정이 뚱하게 대답했다.

“저분은 누구셔?”

“논술 학원 선생님.”

"수능 끝났는데 논술 학원을 계속 다녀?"

논술이나 면접 같은 입시 일정에 어두운 영만이었다.

"논술은 남았으니까. 쳐 보긴 해야지."

"근데 학원 이름이 스파르타야? 이름부터 독하네."

건물을 올려다본 영만이 물었다.

"오, 스파르타는 알아?"

"야, 이 정도는 알아. 저번에 「설렁탕」 그거는, 내가 국어에 좀 약해."

"그럼 이것도 알아? 스파르타 사람들이 다 시민으로 인정받은 건 아니었다는 거. 거기다 스무 살 될 때까지 빡세게 교육시킨다?"

"대한민국 저리 가라네. 너 스파르타 가서도 잘살겠다."

"난 부적격이야. 스파르타에서는 부적격 판정을 받으면 살처분돼. 꼭 병아리 감별처럼 말이야. 그 외에도 일곱 살부터 시작되는 전사 교육에, 합숙 훈련에, 노예 살해 성인식에. 밥맛 떨어지는 게 수두룩해. 그래서 그런가. 다들 시커먼 수프에 보리 빵만 먹고 살았대."

"오, 그거 꼭 시뻘건 라면 국물에 커피우유만 마시는 누구 같은데."

"이젠 그것도 잘 못 먹을걸. 나 집에서 쫓겨날 거 같아. 춘천에 있는 기숙형, 아니 감옥형 재수 학원으로. 우리 집 가훈 기억나지? 망하면 고 아웃."

미정이 냉소적인 미소를 지으며 말했다.

"춘천? 재수 학원? 너 재수해?"

"아마도. 수능 망한 고등학생은 집에 있을 자격이 없어."

영만의 동공이 브레이크 댄스를 추다가 겨우 멈췄다. 억지로 의연한 목소리를 내며 말했다.

"내가 밥 사 줄게. 수능 보느라 고생했으니까. 대단해. 장해."

"망한 게 장한 거야?"

"그럼. 엄청 장한 거야. 망했다는 건 뭔가 해 봤다는 거니까."

미정은 가슴이 찌르르했다. 영만이 엄지를 치켜세워 보였다. 반지가 사라진 약지가 눈에 들어왔다. 영만 역시 미정의 손에 들린 미피 우유를 바라보았다.

"또 그런 걸로 때우는 거지? 그러지 말고 김가네 가자. 학원 끝날 때까지 기다릴게."

미정이 망설이다 고개를 저었다.

"끝나면 그룹 과외 있어. 열한 시부터 구술 면접 과외."

"열한 시? 그때부터 과외를 한다고?"

"학원 끝나는 시간이 그때니까."

"아니, 무슨 면접에 과외가 있어?"

"입시랑 관련된 거면 젓가락질 과외도 할 나란데, 뭐."

"허. 다른 날도 안 돼? 우리 밥 친구 하기로 했잖아."

"정시 떨어지면 더 바쁠 거야. 본격 재수 라이프가 펼쳐지겠
지."

"무슨 과 가려고 그러는 건지 물어봐도 돼?"

"엄마가 바라는 의대는 죽었다 깨도 안 될 거 같아. 솔직히
난 아무 과나 상관없어."

"어떻게 상관이 없어?"

"전공 살려서 사는 사람이 얼마 된다고. 어차피 의대 못 갈
거면 다 똑같지."

"진짜 그렇게 생각해? 너도 해 보고 싶은 게 있을 거 아냐."

영만이 조심스럽게 물었다. 미정은 사실 문학을 좋아한다
고 답하려다 어쩐지 부끄러워서 입을 닫았다. 어쩌면 자신은
꿈이 없는 게 아니라 꿈을 부끄러워하는 건지도 모른다고 생
각하면서. 진짜 원하는 걸 말해 버릴까 봐 미피처럼 입을 꿰맨
건지도.

"……아빠는 나중에 로스쿨 가라고 하는데."

"와, 혹시 아빠가 법조인이셔?"

"변호사. 인기는 없어."

"멋지다."

"하나도 안 멋진데. 너도 사 자 들어가는 직업 좋아해?"

"그렇다기보단 그냥 신기해서. 난 그런 사람들 영화나 드라
마에서만 봤거든. 암튼 나중에 너 변호사 되면 우리 아빠한테

사기 친 사람 좀 잡아다 족쳐 줘라."

"변호사는 범인 잡거나 족치는 게 아냐. 수임료 낸 사람 실드 쳐 주는 거지."

"아, 그런 거야?"

영만이 뒷머리를 긁적였다.

"근데 넌 어디 갔다 오는 길이야? 편의점 알바는 이제 안 해?"

"응. 호텔 알바로 갈아탔어. 시티뷰라고 알아?"

"알지, 백제호텔 뷔페."

"거기 알바 다녀오는 길이야. 지금부터 연말까지 성수기라 시급을 더 쳐 주거든."

"진짜 열심이네. 넌 어딜 가서 뭘 하든 다 잘할 거 같아. 부럽다. 난 할 줄 아는 게 하나도 없는데."

"부러우면 너도 하자."

"뭘 해?"

"알바."

"뭐라고?"

미정은 들고 있던 우유를 떨어뜨릴 뻔했다. 자신이 알바를 한다는 생각은 꿈에도 못 해 봤다. 대학에 가면 과외를 할 수 있겠다는 생각 정도는 해 봤지만 호텔 알바라니. 그건 마치 파워 내향인인 자신이 개그맨 공채 시험을 본다는 말처럼 들렸다. 게다가 백제호텔이라면 원한 적도, 즐거운 적도 없던 가족 외식의 공간일 뿐이었다.

"당장 이번 주 일요일에도 가기로 했는데 같이 할 친구 데려와도 된댔어. 일손이 좀 부족하거든. 너 저번에 돈 벌고 싶다고 했잖아."

"내, 내가 언제?"

미정은 어이가 없어서 버벅거렸다.

"학원비 빨아들이는 돈벌레 같다고 막 자학하면서, 돈 쓰는 거 말고 버는 것도 해 보고 싶다고 했잖아."

"그건 말이 그렇……."

"한번 말했으면 고 하는 거지! 그리고 호텔 알바 꽤 쏠쏠해. 하루만 일해도 못난이 김밥 배 터지게 사 먹을 수 있어."

"……."

"아, 근데 너 보건증 없지? 그럼 이번 주는 어차피 안 되겠다. 그거 받으려면 일주일쯤 걸리니까 다음 주 주말에 가자."

'재수 앞둔 고3한테 알바를 하자고? 뭐야, 이 자식.'

미정은 속으로 중얼거리다 손목시계를 확인했다.

"나 이제 들어가 봐야 해."

잠시 섭섭한 표정을 짓던 백영만이 활짝 웃었다.

"아, 그래. 밥 좀 잘 챙겨 먹어. 얼굴이 반쪽이 됐어. 꼭 그 피곤한 강아지처럼. 이름이 모찌였지?"

“응.”

미정은 대충 대답하곤 도망치듯 건물 안으로 들어갔다. 엘리베이터 앞에 서자 은빛 문에 제 모습이 흐릿하게 비쳤다. 미정은 엘리베이터가 내려오기를 기다리며 저도 모르게 또 손톱을 물어뜯었다. 문득 어젯밤 모친이 한 말이 떠올랐다.

“고미정! 너 또 그렇게 멍하니 있을래? 재수생이 맨날 그렇게 넋 놓고 있을 거야? 네 인생도 그렇게 놓을래? 눈 똑바로 뜨고, 꿈 깨고, 하라는 공부나 해.”

수능날 이후로 모친은 미정을 투명 인간 취급하면서도 어떨 때는 분을 못 이긴 듯 날카롭게 소리치곤 했다. 윤지완이 질색하던 미정의 눈빛. 그건 아마 플라스틱 박스 안에 갇혀 있던 모찌의 눈빛과 비슷할 터였다. 잠에서 덜 깬 듯, 꿈을 꾸는 듯하던 멍한 눈빛.

강아지도 꿈을 꿀까? 모찌에게도 가고 싶은 데가 있을 것이다. 먹고 싶은 것이 있을 것이다. 같이 놀 친구를 사귀고 싶을 것이다. 모찌 혼자서는 이룰 수 없는 꿈이 있겠지. 언젠가 모찌를 데려갈 누군가가 나타나려나? 더 늦기 전에?

땡, 하는 소리와 함께 엘리베이터 문이 열렸다. 하지만 미정은 그대로 서 있었다. 걸음을 붙든 건 엄마가 아닌 백영만의 목소리였다.

“한번 말했으면 고 하는 거지! 그리고 호텔 알바 꽤 쏠쏠해.”

그 목소리가 미정의 어깨를 돌려세웠다. 망설이며 한 걸음 내딛자 곧바로 다음 걸음이 내디뎌졌다.

'그래, 고미정. 망해도 고!'

건물 밖으로 나온 미정의 눈에 멀어지는 영만의 뒷모습이 보였다.

"야, 백영만!"

미정이 소리쳤다. 주변 사람들이 놀라 미정을 쳐다볼 만큼 쩌렁쩌렁한 목소리였지만 영만에게는 들리지 않는 모양이었다. 미정은 달리기 시작했다. 체육 시간에도 뛰지 않건만, 아직 다 마시지 못한 우유가 흘러넘치는 것도 아랑곳하지 않고, 온 힘을 다해. 영만의 팔을 붙잡자 영만이 놀란 표정으로 돌아봤다.

"뭐야, 무슨 일 있어?"

미정은 한동안 무릎을 짚고 서서 가쁜 숨을 몰아쉬다가 겨우 대답했다.

"나도, 나도 알바 해 볼래. 내 힘으로 돈 벌어서 하고 싶은 게 있어."

잠깐 멍한 표정이던 영만이 이내 환하게 웃으며 말했다.

"그래, 그럼. 다음 주에 같이 가자. 준비물 같은 건 내가 다시 알려 줄게. 아, 그거 문자는 되는 거지?"

"놀리지 마."

"번호."

순간 움찔한 미정이 주먹을 꽉 쥐었다.

'에라 모르겠다.'

랩을 하듯 열한 개의 숫자를 쏟아 냈다. 번호를 입력하던 영만이 말했다.

"뭐야, 1010? 그날 생일 맞았던 거네. 아니라고 펄펄 뛰더니."

안 하던 달리기를 하느라 심장이 충격을 받은 걸까. 미정의 가슴이 다시 쿵쿵 뛰기 시작했다.

7장

시티뷰

오래전부터 계획한 일이었다. 트럭 한 대. 목표가 선명하니 몸은 힘들어도 돈 모으는 재미가 쏠쏠했다. 처음엔 포터를 생각했지만 개조하는 데 드는 돈이 만만치 않았다. 알음알음 묻고 이리저리 발품을 팔아 수도 시설과 수납장, 발전기까지 갖춰진 중고 트럭을 찾았다. 차주에게 꼭 구매할 테니 조금만 기다려 달라고 말해 놨지만 가계약을 한 것도 아니니 안심할 수 없었다. 이제까지 모은 돈으로는 조금 부족했다. 몇 달은 더 일해야 할지도 몰랐다.

'그쯤이야. 하면 되지.'

생활비가 부족해 쩔쩔매는 박수복에게는 미안했지만 영만은 제 몫의 돈을 독하게 모았다. 티끌 모은다고 태산 되는 게 아닌 건 알았다. 그래도 큰 티끌은 만들 수 있었다. 무릎이 아프다고 진통제를 비타민처럼 삼키는 수복을 볼 때면 알바비를 털어 뭐 하나라도 사 주고 싶었지만 관뒀다. 영만이 아는 박수복이라면 포장도 뜯어 보지 않고 반품할 게 뻔했다. 홈쇼핑으로 이것저것 샀다가 반품해 산 기분만 낸 채 돈은 굳히는 게 박수복의 유일한 취미 생활이었다.

식사도 여전히 면식 위주였다. 비용이 무서워 임플란트를 못 하고 있는 치아 때문에 뭘 씹을 흥이 안 난다고 했다. 그나마 면은 후루룩후루룩 넘길 수 있다고. 그렇게 밀가루 면만 한두 끼 먹고 하루 종일 일을 하는데도 배와 옆구리가 두툼했고, 바닥에서 일어날 때마다 앓는 소리를 했다. 하지만 아무리 잔소리를 해도 병원 근처에도 가지 않는 수복이었다.

그러면서도 아들 앞으로는 보험을 주렁주렁 들어 놓았다. 보험료를 놓고 박수복과 싸운 뒤로 영만은 제 알바비를 수복에게 넘기지 않았다. 목돈이 생겨도 수복은 임플란트를 하는 대신 보험만 추가할 거다. 안다. 언젠가 세상에 혼자 남을지도 모르는 자신이 걱정되어 그런다는 걸. 갑자기 망해 버린 돈가스집처럼, 갑자기 가출해 버린 백종민처럼, 언제 날아들지 모르는 날벼락이 두려워서라는 걸. 없이 사는 사람들에게 운명의 변덕만큼 두려운 건 없으니까.

맨정신엔 백종민 이야기를 꺼내는 법이 드문 수복이 어쩌다 캔맥주라도 마시는 날이면 영만의 얼굴을 보며 중얼거리곤 했다.

"네 애비를 닮아서 너도 역마살이 있어."

맞는 말이었다. 백종민을 닮아 가벼운 엉덩이를 교실 걸상에 붙여 두는 건 고역이었다. 한자리에 앉아 「관동별곡」을 외우거나 삼각뿔의 부피를 구하는 일은 좀이 쑤셨다. 영만은 그런 걸 배우는 게 사회에 나가 무슨 쓸모가 있는지 알 수 없었다.

유일하게 배울 만하다고 생각했던 건 가정 실습 시간뿐이었다. 중학생 때 영혼을 담아 경단을 빚는 영만을 눈여겨본 담임이 조리학과가 있는 특성화 고등학교를 소개해 주었다. 한식, 일식, 중식은 물론 바텐더 기술까지 가르쳐 주는 데다 졸업하면 호텔 레스토랑이나 F&B 기업에 일자리를 연계해 준다고 했다. 영만은 솔깃했지만, 박수복이 길길이 날뛰는 바람에 일반고에 진학할 수밖에 없었다. 거기 갔으면 에이스가 되었을 텐데, 일반고에서는 내신 베이스만 깔아 주고 있었다. 생각할수록 후회가 됐다.

영만이 경험한 사회는 교과서에 나오는 이야기와 전혀 달랐다. 적어도 지금까지 겪은 바에 따르면 진짜 배움은 일을 하면서 이루어지는 것이었다. 그 소박한 몇 푼을 벌기 위해 얼마나 많은 땀방울과 굴욕감이 요구되는지 느끼면서 말이다.

그렇게 모은 계좌 잔고를 들여다보며 버스 정류장에 서 있는데 저 멀리서 고미정이 나타났다. 낯선 사복 차림이었지만 금세 알아볼 수 있었다. 햇빛 한번 못 보고 실내에서 사육된 토끼 같은 얼굴. 하얀 얼굴 때문에 더 짙어 보이는 다크서클은 어쩐지 모찌를 연상케 했다.

"고미정, 여기야!"

영만이 펄쩍펄쩍 뛰며 긴 팔을 흔들었다. 그렇게 하면 미정이 좀 웃을 것 같아서. 하지만 영만의 의도와 달리 미간을 찌푸리는 미정이었다.

"좀 조용히 해. 다 쳐다보잖아."

"그거야 내가 잘생겨서 그렇지."

미정은 영만이 스스로 잘생긴 걸 안다는 사실에 더 짜증이 났다.

"야, 백영만."

"미안 미안. 아침은 먹었어?"

"원래 아침 잘 안 먹어. 그리고 뷔페 알바잖아. 가면 뭐 있겠지."

"한참 있어야 먹을 수 있는데."

"괜찮아. 배고픈 거 잘 참아. 학원에서 단련돼서."

"눈앞에 있는데 못 먹으면 더 슬픈 법이라고. 참, 신분증이랑 보건증은 갖고 왔지?"

"응."

"신발은 좀 불편해 보이는데. 이게 제일 편한 거야?"

"응. 이게 굽도 제일 낮은데."

"이따 반창고 줄 테니까 발뒤꿈치에 붙여. 안 그럼 다 까진

다."

　문득 미정은 웬 남자애와 알바를 하겠다고 호텔에 가는 자신을 보면 윤지완이 어떤 표정을 지을지 궁금했다. 오늘도 새벽부터 집을 나선 윤지완과 마주칠 가능성은 아마 미정이 서울대 의대에 붙을 확률보다도 낮을 것이다. 하지만 상상만으로도 묘하게 짜릿한 기분이 들었다. 어디까지나 상상이니까.

　'아, 이 맛에 반항하는 건가?'

　그때 기다리던 버스가 정류장에 섰다. 사람들을 따라 영만과 미정도 버스에 올라탔다.

　"근데, 호텔 아르바이트 검색해 보니까 엄청 힘들다던데."

　"처음엔 다 힘들지."

　"나 잘할 수 있을까? 너 욕먹는 거 아냐?"

　"에이, 자신감을 가져. 일은 기세야!"

　미정이 픽 웃었다. 머리 위에서 나오는 따뜻한 히터 바람에 노곤한 기분이 들었다.

　"아, 조심할 거 하나 있긴 하다."

　"뭔데?"

　"호텔 뷔페는 사람들이 옷도 가방도 비싼 걸 걸치고 올 때가 많잖아."

　"그런데?"

　"그릇 빼다가 뭐 잘못 묻히면 엄청 물어 줘야 돼. 사고 치고서 화장실에 유니폼 벗어 놓고 도망가는 애들 잡아 온 적도 있어.”

“윽. 못 잡아 오면 어떻게 되는 거야?”

“그때부터는 피곤한 거지. 근데 넌 알바 시작하기도 전에 피곤해 보인다. 어제 몇 시에 잤어?”

“한 시 넘어서. 과외 끝나고 씻고 자면 그 시간이야.”

“이따 커피 타 줄게. 나 커피 완전 잘 말아. 카페 알바 에이스였단 말이지.”

“카페에서도 알바를 했어? 넌 진짜 안 해 본 게 없구나.”

“음료랑 디저트 레시피 좀 배워 볼까 하고 베이커리 카페에 지원해서 일했지.”

같은 고3인데도 ‘지원’이라는 단어의 의미는 미정과 영만에게 너무나 달랐다.

“참 계획적인 꿈돌이다.”

“반지도 팔았어. 한 푼이라도 빨리 모아야 트럭을 사지.”

“트럭?”

“내 꿈이 푸드 트럭 사는 거라고 얘기 안 했나?”

“주스 장사가 꿈이라는 얘기는 했어.”

“그 주스 장사를 트럭에서 할 거야.”

“옛날에 미국 여행 갔을 때 본 적 있어. 망고나 오렌지 주스 파는 트럭들.”

“그래? 외국에는 좀 있나 보네. 난 완전 내 스타일대로 할 거야. 아빠가 거래하던 삼촌들한테 부탁해서 최고 맛있는 과일들로 받아 올 거거든."

"그때 말한 못난이 과일들?"

"응, 주스 레시피도 열심히 구상하고 있어."

"난 당연히 주스 가게 차리고 싶다는 말인 줄 알았는데 트럭이었다니."

"우리 집안에 방랑과 운전의 DNA가 흐르거든. 나 초등학교 때는 관광버스 운전사가 꿈이었어."

"하여간 특이해. 보통 그 나이 때는 의사나 과학자, 유튜버 되고 싶다고 적어 내지 않나? 진짜 꿈은 아니라도."

"진짜 꿈만 꾸기도 바쁜데 가짜 꿈을 왜 적어 내?"

미정의 말문이 턱 막혔다.

"난 운전대 잡고 전국을 돌면서 이 사람 저 사람 만나고 이 동네 저 동네 음식 맛보고 싶어. 미식 지도 같은 것도 만들고. 내 이름 따 왔다는 허영만이라는 사람처럼 책도 쓰고. 제철 식재료나 지역 특산물도 연구하고."

"차 타는 거 안 지겨워? 내가 학원 셔틀 뺑뺑이 생활을 오래 해서 그런가. 근데 너 면허는 있어?"

"당연하지. 엄마한테 배우느라 모자지간 의절할 뻔하긴 했는데 한 방에 합격했어. 빨리 돈 모아서 트럭 사기만 하면 돼. 거의 다 모았거든? 내년에 내 트럭 몰고 다닐 생각만 하면 하늘만 봐도 웃음이 나온다.”

잔뜩 신이 난 목소리였다.

“트럭…….”

가만히 읊조리던 미정이 갑자기 손뼉을 딱 쳤다.

“트럭 얘기 하니까 갑자기 생각난다. 나도 어릴 때 기다리던 트럭 있었어.”

“뭔데?”

“북트럭.”

“처음 들어 봐.”

“아파트 단지에 일주일에 한 번씩 책을 실은 트럭이 왔어. 1000원 내고 빌려 갔다가 다음 주에 반납하면 되는 거였는데, 엄마 몰래 동화나 소설 같은 거 빌려 봤지. 엄마는 문제집이나 영어 원서 아니면 못 보게 했거든. 이불 속에 숨어서 읽는데 얼마나 재밌었는지 몰라. 빨간머리 앤도 됐다가 이상한 나라의 앨리스도 됐다가. 꼭 마법 주스를 마신 느낌이었어. 갑자기 비밀 얘기하면 좀 웃긴데…… 언젠간 나도 작가가 되고 싶었어. 별건 아니지만 백일장에서 상도 탔고, 이야기 만드는 게 재밌었거든. 그래서 엄마한테 상장 보여 드리면서 진짜 진짜 용기 내서 얘기해 봤거든? 커서 작가 되고 싶다고. 그러니까 우리 엄마가 뭐랬는지 알아?”

“뭐라셨는데?”

“아, 백수 되고 싶다고?”

미정이 모친의 우아한 말투를 흉내 내며 말했다. 그 천연덕
스러운 연기에 영만이 큭, 하고 웃자 미정도 웃음을 터뜨렸다.

“나중에 내 주스 트럭에도 책 싣고 다녀야겠다. 손님들이 빌
려 갔다가 반납하면서 또 주스 마시게. 대출왕한테는 서비스
도 주고.”

“생기부 필독서 같은 건 절대 제외해 줘.”

“오케이.”

“근데 「운수 좋은 날」을 「설렁탕」으로 아는 애가 책을 잘 고
를 수 있으려나?”

“네가 골라 주면 되지.”

“오케이. 그건 자신 있어. 수능에 절대 안 나올 소설, 이상한
주인공들만 나오는 동화, 무명 시인이 쓴 시집, 그런 걸로만 골
라야지. 컵 홀더에 책 속 문장 같은 거 써 줘도 좋겠다.”

“와, 고미정 낭만적인데? 출근 첫날부터 백제호텔 알바다
워.”

“무슨 뜻이야?”

“백제호텔 모토가 낭만적 서비스거든. 오늘 일하는 동안
100번 넘게 들을걸?”

“그럼 일당도 낭만적으로 듬뿍 주나?”

“성수기니까 평소보다 더 주긴 하는데 그만큼 일이 빡세.”

"얼마 더 주는데?"

"원래는 12만 원 정도였는데, 오늘은 14만 9000원. 그 뷔페 15만 원쯤 하던데 1000원만 더 주지."

"14만 9000원……."

"연산왕 고미정, 일당 받아서 어디 쓸 거야? 뭐 하고 싶은 거 있어?"

미정은 대답 대신 곰곰이 생각에 잠겼다.

"왜 말 안 해 줘. 비밀이야?"

"……방 탈출."

"방 탈출? 방 탈출 카페는 2만 원쯤이면 갈 텐데. 같이 가 줘?"

영만의 물음에도 미정은 답이 없었다. 들여다보니 미정의 눈이 감겨 있었다. 잠이 부족한 모양이었다. 와중에도 보건증을 꼭 쥐고 있는 미정의 손을 보며 영만은 자신의 첫 알바를 떠올렸다.

'한마음한식뷔페'라는, 아파트 재건축 현장 근처에 있던 함바집이었다. 일할 때 몸을 사리는 법이 없는 영만은 무거운 국통이나 쌀 포대를 씩씩하게 날랐고, 그런 영만을 주방 이모들은 아들처럼 예뻐해 주었다. 감탄 어린 얼굴로 "든든하다, 든든해." 중얼대는 이모들의 칭찬을 들으면 사랑둥이가 된 기분이었다. 꼬박꼬박 밥을 주는 것도 좋았고, 이모들이 반찬 만드는 법을 가르쳐 주는 것도 좋았다. 하지만 트럭을 생각하면 더 빨리 돈을 모아야 했다.

친구 두 명과 함께 상하차 일을 하기 시작했다. 상차 작업은 택배 박스로 테트리스 게임을 하는 느낌이었다. 밥은 맛이 없었고, 일은 고됐다. 상자를 떨어트리는 바람에 그 속에 든 음료수가 터지기도 했고, 각을 안 맞추고 쌓아서 무너질 때도 있었다. 삭신이 쑤셨지만 돈이 입금된 걸 보면 근육통이 눈 녹듯 사라졌다. 돈 생각만 하자면 매일이라도 나가고 싶었다. 하지만 몸을 사려야 했다. 허리가 나가면 병원비가 더 드니까.

그러던 어느 날 날벼락을 맞았다. 만 18세 이하는 이제 안 쓰겠다고 했다. 결국 어쩔 수 없이 택한 게 학원가 알바였다. 대치동은 집에서 멀었지만 알바 자리가 많았다. 학원가에 즐비한 패스트푸드점과 편의점에서는 고등학생도 얼마든지 일할 수 있었다. 영만이 사는 동네는 오래된 철물점이나 건강원들만 동네 주민들과 함께 늙어 가고 있었다. 살 사람이 있어야 파는 사람도 있을 텐데, 도무지 지갑을 여는 사람이 없었다.

영만이 처음 알바를 시작했을 때 수복은 잔소리를 퍼부었지만, 공부에 뜻도 재주도 없는 아들을 파악한 후부터는 보호자 동의서에 슥슥 사인을 해 주었다. 그러면서도 꼭 몇 마디를 덧붙였다.

"너 당장 돈맛 좋다고 거기 중독되면 안 돼. 느이 애비처럼 여기저기 떠돌면서 하루살이 일만 하다 보면 한곳에서 진득이 일하는 걸 못 하게 되거든. 그러다 나이 먹으면 할 수 있는 일이 없어져.”

‘그럴 일은 없어. 트럭 살 돈만 모으면.’

영만은 다시 한번 저 자신에게 다짐을 해 보았다. 불안감이 아예 없다면 거짓말이었다. 그럴 때마다 핸드폰을 꺼내 은행 앱을 열어 보았다. 부지런히 몸을 움직여 번 돈이 또렷한 숫자로 찍혀 있었다. 그 숫자는 다시 흩어졌다 모이며 트럭 모양을 이루었다. 영만이 매일 수시로 맛보는 달콤한 환상, 아니 예상이었다.

그러는 사이 버스가 호텔 앞 정류장에 도착했다. 두 사람은 미로 같은 직원 출입구를 지나 명부에 이름과 전화번호를 적고 유니폼과 식권을 받았다. 미정은 탈의실에서 백제호텔의 메인 컬러인 진회색 셔츠와 치마를 입었다. 머리를 묶고 망까지 씌우고 나니 기분이 이상했다. 속이 울렁거리는 게, 설렘인지 긴장감인지 분간이 안 됐다.

‘일하시는 분들이 뭘 어떻게 했더라?’

복장 검사를 마친 매니저는 영만이 말한 대로 낭만적 서비스를 강조했다. 낭만은 개뿔. 뷔페에 들어서자마자 일이 휘모리장단처럼 몰아쳤다. 덩 덕덕쿵덕쿵. 점심 전까지 한가할 거라는 생각은 착각이었다. 수백 개의 컵을 닦는 핸들링 작업은 끝이 없었다. 그 잘난 뷰 한번 볼 틈이 없을 정도였다. 단순히 물기만 닦으면 되는 게 아니었다. 빛에 비춰 봤을 때 조금이라도 희부연 얼룩이 보이면 다시 닦아야 했다. 닦은 자국이 나지 않게 닦아야 하는 일의 아이러니함이라니. 특히 와인 잔은 얼마나 얼룩이 잘 남던지, 와인 애호가를 자처하던 고길상이 괜히 얄미워졌다.

잔을 다 닦고 나니 이번에는 커트러리였다. 커트러리는 밥만 잘 뜨면 되지, 왜 광이 나야 하는 걸까. 식기세척기에서 갓 나온 커트러리는 펄펄 김이 날 만큼 뜨거웠다. 금세 엄지와 검지 끝이 새빨개졌다. 가뜩이나 손톱도 엉망인데 손가락까지 울퉁불퉁 부어올랐다. 그제야 미정은 깨달았다. 최고급 서비스와 위생을 자랑하는 백제호텔의 별 다섯 개는 최고 강도의 노동력 착취로 따 온 것이었다.

'이래서 도망가는 사람이 있는 거구나.'

지겨운 핸들링이 끝난 뒤에는 테이블 세팅이 이어졌다. 매니저가 알려 준 대로 '왼쪽엔 포크, 오른쪽엔 나이프와 스푼'을 되뇌며 바쁘게 손을 놀렸다.

'왼포오나. 왼포오나.'

열 시 50분. 폭풍 전야처럼 심상치 않은 분위기가 감돌았다. 비장한 표정의 매니저가 알바들에게 담당 구역을 알려 주었다. 미정은 영만과 멀리 떨어진 구역에 배치되고 말았다. 마침내 열한 시. 한참 전부터 줄을 서서 기다리던 손님들이 밀물처럼 몰려 들어왔다. 그러더니 어마어마한 기세로 음식을 뜨고 또 떠 갔다. 테이블 위엔 빈 접시들이 테트리스 블록처럼 쌓여 갔다. 접시는 대체 뭘로 만든 건지 두어 개만 들어도 무거워서 팔이 덜덜 떨렸고, 이렇게 오래 서 있어 본 적이 없는 다리는 비명을 질렀다. 거기다 구두까지 신었으니, 발은 아프다 못해 감각이 없어진 지 오래였다. 하지만 몸이 아픈 게 다가 아니었 다. 빠릿빠릿하게 치워 주지 않으면 혼을 내는 손님도 있었고, 다 먹은 줄 알고 치웠더니 노발대발하는 손님도 있었다.

'돈 버는 게 이렇게 힘들다니.'

생일 파티를 할 때는 한 번도 생각해 보지 못했던 것들이 미정의 머릿속을 맴돌았다. 대리석 벽과 바닥, 걸려 있는 그림들까지도 전부 진회색인 호텔에서 진회색 유니폼을 입고 있는 자신이 꼭 풍경의 일부처럼 느껴졌다. 식사하는 손님들에게 거슬리지 않게 서 있다가 필요할 때면 언제든 손과 발이 되어야 하는. 투명한 유리창 너머로 보이는 현란한 뷰만 중요할 뿐, 나머지는 보이지 않을수록 좋은 뷰였다.

그때 꼬마 손님 하나가 미정을 불러 세웠다. 머리끝부터 발끝까지 명품으로 치장한 남자애였다. 모자는 발렌시아가, 티셔츠는 디올, 카디건은 톰 브라운, 신발은 구찌. 존재 자체가 거대한 로고들의 콜라주였다.

"여기 화장실 어디예요?"

긴장했던 미정은 안도의 한숨을 쉬었다. 종종 와 봤던 곳이라 화장실 위치는 잘 알고 있었다. 배에 힘을 주고 또박또박 설명했다.

"입구로 나가셔서 오른쪽 통로 안쪽에 있습니다."

"감사합니다."

"별말씀을요."

어깨가 으쓱한 고미정은 속으로 생각했다.

'나 제법 괜찮은 알바 같은데.'

긴장이 풀리자 아까부터 참고 있던 요의가 몰려왔다. 주위를 둘러보니 이제 피크 타임도 지나간 것 같았다.

'이 틈에 나도 화장실 다녀와야겠다.'

익숙하게 찾아 들어간 화장실에는 지난번 생일에 왔을 때와는 다른 꽃 장식이 놓여 있었다. 새하얀 카라와 빨간 튤립, 몽환적인 조명과 반짝이는 대리석 바닥, 어지간한 침대보다 편해 보이는 소파, 춥지도 덥지도 습하지도 건조하지도 않게 조절된 공기가 어우러져 화장실이라기보다는 응접실에 가까웠다. 한파가 극성인 바깥세상과는 전혀 다른 세계 같았다.

'하긴 그때는 가을이었고 지금은 겨울이지.'

그래도 변기 안에 낙엽을 띄워 놓고 두루마리 휴지 끝을 하트 모양으로 접어 놓은 건 여전했다. 백제호텔이 자랑하는 낭만적 서비스의 구현인 모양이었다. 역시 낭만적인 장미 향 핸드워시로 손을 씻고, 정갈하게 접힌 타월로 물기를 닦았다.

미정이 다시 뷔페로 돌아오자 매니저가 어깨를 툭툭 쳤다. 그는 사찰 입구의 사천왕 같은 눈으로 명찰을 슥 째려보더니 물었다.

"야, 고민정. 어느 화장실 썼어?"

"네?"

"바쁜데 두 번 묻게 하지 마."

"아, 그게, 제일 가까운 화장실 썼는데요. 그리고 제 이름은 고민정이 아니라 고미정……."

"민정이나 미정이나. 지금 그게 중요한 게 아니잖아. 직원은 직원용 화장실 써야지. 알바가 손님용 화장실 쓰고 있다는 클레임 들어왔잖아."

누가 손을 씻고 있는 미정을 본 모양이었다. 클레임의 내용도, 속도도 놀라울 따름이었다.

"직원용 화장실이 따로 있는 줄 몰랐어요. 전 그냥 예전에 가 봤던 화장실을 이용했을 뿐인데……."

"정신 차려. 넌 지금 손님이 아니고 알바야."

"아, 네."

의식하지 못하는 새 미정의 오른손이 왼손의 손톱 거스러미를 쥐어뜯고 있었다.

"굼뜨면 열심히라도 해야지. 왜 이렇게 요령이 없어."

"아무도 안 가르쳐 주서서. 매뉴얼도 없고……."

"야, 여기가 학원인 줄 알아? 돈 받고 일하는 일터라고. 매일 너 같은 알바들이 왔다 가는데 그걸 어느 세월에 가르치고 있어? 내가 직원이지 선생이야? 정신 똑바로 차리고 남들 하는 거라도 잘 봐."

"네."

"눈치가 없으면 체력이라도 좋던가. 아까 보니까 접시 세 개도 못 들고 벌벌 떨던데."

그때 주머니에 넣어 두었던 핸드폰이 부르르 떨렸다. 혹시 영만인가 싶어 미정은 자기도 모르게 폰을 꺼내 화면을 확인했다. 앞에 서 있던 매니저가 기가 막히다는 듯 코웃음을 쳤다. 혼나는 와중에 문자를 확인하는 알바라니 어이없기도 할 것이다.

> 오호라. 무단결석? 이제 좀 네 나이대 같네.
> 숨 깊게 쉬다 글 쓰러 와.

무단결석? 맞다. 평소였으면 논술 학원에 가 앉아 있어야 할 시간이었다. 노서영 선생님인가?

'놀라셨겠지. 3년 만에 첫 결석이니까.'

아무도 신경 쓰지 않을 줄 알았다. 함께 수업을 듣는 애들 사이에서 미정은 투명 인간이나 다름없었다. 소명여고 아이들도 많았지만 서로 눈인사도 나누지 않았다. 그런 식의 관계를 맺기에는 모두 지쳐 있었다. 중학교 때는 함께 핫바를 먹거나 젤리를 씹으며 신세 한탄을 늘어놓기도 했는데, 고등학교에 올라오면서 말수가 줄기 시작했다. 그러다 고3이 되자 단체로 실어증에 걸리기라도 한 것처럼 고요해졌다.

대치동 학원들도 학생에게 전화해 출석을 권할 만큼 다정하지 않았다. 그런데 노서영이 문자를 보내 준 것이다. 순간 미정은 그토록 지긋지긋하던 대치동 학원가로 순간 이동하고 싶은 기분을 느꼈다.

'나 여기서 뭐 하고 있는 거지? 알바 하나 하는 것도 이렇게 힘든데 대학까지 못 가면 나 같은 걸 어디다 써먹겠어. 윤지완 교수 말대로 얌전히 기숙 학원이나 갈까?'

언제는 대치동 학원가가 지겨운 감옥 같더니 이 지옥 같은 뷔페에 대면 꽃밭같이 느껴졌다. 사람 마음이 그렇게 간사한 것이었다. 미정은 핸드폰 화면 속 시간을 확인했다. 아직 논술 수업이 끝나지 않았을 시간이었다.

'지금이라도?'

"너. 냅다 튈 생각 하지 마라. 일당이라도 받고 싶으면 안 그러는 게 좋을 거야. 네가 튀면 너 데리고 온 애도 힘들어질걸?"

사라지는 악마, 아니 매니저의 뒷모습을 보며 미정은 어금니를 꽉 깨물었다. 머리를 다시 매만지고 일을 시작했다. 멀찍

이서 능수능란하게 그릇을 정리하는 백영만이 보였다. 새삼 백영만이 대단해 보였다.

그때였다. 아까부터 영만 뒤를 졸졸 따라다니며 일하던 단발머리 알바 하나가 발을 헛디뎠는지 휘청였다. 그 여자애가 손에 든 접시를 떨어뜨리는 찰나, 영만이 믿기지 않는 반사 신경으로 추락 직전의 접시를 받아 냈다. 진회색 셔츠 위로 LA 갈비 양념이 튀었지만 영만은 다정한 미소를 지으며 어깨를 으쓱해 보일 뿐이었다. 단발머리 여자애의 동그란 눈이 하트로 변하는 게 실시간으로 보일 정도였다.

'뭐야, 백영만. 지가 백마 탄 왕자님이야 뭐야. 나 혼날 때나 나서서 도와줄 것이지. 게다가 저 눈웃음은 뭐고. 난 저 하나 믿고 여기까지 와서 첫 알바 중인데. 방금 튀고 싶은 것도 자기 때문에 참았구만. 지금 당장 내가 사라져도 모르겠는데?'

매니저한테 혼날 때도 안 나던 눈물이 다 났다. 유니폼 위로 후드득 뭔가가 떨어졌다.

"저, 저, 배가 아파서 화장실에 좀……."

들어 주는 사람도 없는데 변명을 하며 미정이 뷔페를 빠져나갔다. 흐려진 눈앞 때문인지 직원용 화장실로 가는 길을 찾기 어려웠다. 로비를 빙빙 돌던 미정은 급기야 뷔페 반대쪽 다이너스티홀까지 왔다. 어디선가 번쩍거리는 광이 느껴졌다. 백제호텔이 자랑하는 대형 샹들리에보다 반짝이는 얼굴. TV에서 자주 보던 바로 그 미소. 윤지완이었다.

'엄마 닮은 사람인가? 아니야. 저렇게 소름 돋게 웃을 수 있는 건 진짜 윤지완뿐이야.'

미정은 수십 가지 음식 냄새가 뒤섞인 손으로 눈을 비벼 보았다. 틀림없었다. 엄마는 이 사람 저 사람 악수를 하며 인사하다가 누군가의 요청을 받고 잠시 멈춰 섰다. 사람들이 몰려들었다. 핸드폰을 치켜든 사람들 앞에서 엄마는 낯선 이와 다정하게 팔짱을 끼고 입간판 앞에서 포즈를 취했다. 거기 적힌 글자가 이제야 보였다.

'한국가정의학학회 제14대 제17차 상임 이사회 겸 송년회.'

"윤지완 교수님, 너무 아름다우세요."

"교수님, 여기도 좀 봐 주세요."

윤지완은 아우성치는 사람들과 일일이 눈을 맞춰 주며 바비 인형 같은 미소를 지었다. 인조 속눈썹 아래 좌우로 바쁘게 움직이던 윤지완의 눈동자가 어느 순간 확, 벌어졌다. 나이키 로고 모양으로 올라가 있던 입꼬리가 툭, 추락했다.

'망했다!'

부리나케 뒷걸음질 치는 미정을, 그러나 아무도 쫓아오지 않았다. 뷔페로 돌아온 미정은 신들린 사람처럼 그릇을 날랐다. 아까보다 손이 빨라진 미정을 매니저가 흡족한 표정으로 지켜보았다. 얼마나 흘렀을까. 얼추 마칠 시간이 되었을 때 영만이 다가와 반창고를 건넸다.

"깜빡해서 미안. 안 까졌어? 지금이라도 붙일래?"

"됐어."

미정의 매몰찬 대구에 영만이 애교스러운 표정을 지어 보였다.

"삐졌어? 많이 못 도와줘서 미안. 알바끼리 친한 티 내면 매니저가 혼내거든."

"저리 가. 땀 냄새 나."

"어어, 그렇겠다. 진짜 미안."

영만의 냄새가 한 걸음 물러나는 동시에 익숙한 장미 향이 한 걸음 다가왔다.

"고미정. 여기서 뭐 하는 거야."

"어, 엄마."

미정을 훑어보는 윤지완의 시선과 말투, 제스처는 명품 냉장고의 삼면 입체 냉각 시스템 같았다.

"이 꼴은 뭐고. 저 남자애는 또 누구야."

윤지완이 영만을 가리키며 말했다.

"그게 그러니까…… 알바를 해 보고 싶어서요. 제가 친구한테 부탁해서……."

"알바? 친구? 어이가 없구나. 너 수능 망친 충격으로 머리가 고장 난 거니?"

윤지완의 물음표가 미정의 머리와 가슴을 날카롭게 찔러 댔다.

"왜 그러고 있어? 말을 해 봐. 하여간 어릴 때부터 빠릿빠릿하질 못하고 멍하더니. 기숙 학원이 아니라 정신과를 먼저 가 봐야겠구나."

'그래. 엄마는 내가 영어 유치원 적응 못 하고 책만 읽을 때도 소아정신과에 데려갔었지. 쓸모없는 책을 읽는 자식은 아픈 자식. 쓸모없는 친구를 사귀는 자식은 못된 자식. 쓸모없는 일을 하는 자식은 이상한 자식.'

미피처럼 입을 꾹 다문 미정의 침묵이 지완의 화를 돋웠다. 자식이라고 딱 하나 있는 게. 어디 하나 빛나지 않는 곳이 없는 윤지완 인생에 유일한 옥에 티.

"어쩌다 이런 못난 게 내 딸로 태어나서. 넌 도대체 잘난 데가 있긴 하니?"

"꼭 잘난 데가 있어야 돼요?"

"당연하지. 못나기만 한 존재가 무슨 쓸모야. 고미정, 넌 도대체 왜 태어났니?"

존재의 의미를 묻는 철학적인 질문 앞에서 미정은 제 안의 시한폭탄이 펑, 하고 터지는 걸 느꼈다.

'왜 태어났냐고? 태어나게 한 사람도 모르는 걸 내가 어떻게 알아?'

“귀가 막혔니? 입이 막혔니? 왜 태어났냐고 묻잖아!”

미정은 숙였던 고개를 똑바로 들고, 윤지완과 안절부절못하는 백영만을 번갈아 쳐다보았다.

‘재는 잘 알지도 못하는 나한테 태어나느라 수고했다고 노래해 줬어. 수능 보느라 수고했다고 말해 줬어. 그런데 엄마는? 엄마는 한 번도 나한테 수고했다고 해 주지 않았어. 나는, 나는 엄마의 1등급 딸이 되고 싶어서 매일매일 노력했는데.’

윤지완 말대로 미정은 머리가 고장 난 것처럼 요동치는 것을 느꼈다. 막혔던 귀와 입이 연이어 펑펑 뚫렸다. 미정은 랩이라도 하듯 빠른 목소리로 지완을 향해 쏘아붙이기 시작했다.

“엄마도 너무 일만 하다 눈이 고장 난 거 아니에요? 아까 저 보고도 못 본 척하셨잖아요. 왜요? 학회 사람들 있는 데서 못난 딸 아는 체하기가 부끄러우셨어요?”

“고미정!”

윤지완이 고성을 지르자 뷔페 안 사람들이 흘끔흘끔 시선을 던졌다.

“저분 윤지완 교수님 아니야? 그 가정의학과 의사, 단백질 셰이크.”

“그러게. 실물이 더 미인이다.”

“알바가 뭐 실수했나 본데?”

평소 같았으면 벌써 기죽어서 바닥만 내려다보고 있었을 미정이었지만, 오늘은 달랐다.

"너 어떻게 이딴 짓을 해 놓고 내 눈을 똑바로 볼 수 있니?"

"이딴 짓이라뇨. 수능 끝난 고3이 알바하는 게 왜 이딴 짓이에요? 그리고 딸이 왜 엄마 눈을 똑바로 못 봐요. 엄마가 메두사도 아니고."

사람들이 노골적으로 웅성거리기 시작했다.

"어머, 저 알바 말 들었어? 엄마래."

"그러고 보니 좀 닮았네."

"딸이 엄마만 못하다."

"아니, 천하의 윤지완 교수 딸이 왜 이런 데서 알바를 해?"

다 들리게 속삭이는 재주들이 있었다.

"저, 안녕하세요. 미정이 어머님. 저는 미정이 친구 백영만입니다. 제가 다 설명드릴 수 있어요. 그러니까……."

"그쪽은 남의 집 일에 끼어들지 말아요. 이건 우리 모녀 일이니까."

"아니, 끼어들어. 백영만, 나 이제 이 아줌마랑 모녀 안 할 거야. 딸 부끄러워하는 사람을 엄마라고 부르면 안 되지. 그렇죠, 아줌마?"

"뭐? 아, 아줌마?"

하이힐을 신은 윤지완의 다리가 풍선 인형처럼 휘청거렸다. 백영만이 잽싸게 부축했지만 윤지완은 더러운 것이라도 묻은

듯 기겁하며 그 손을 털어 냈다.

"아줌마를 강급, 아니 퇴원 조치할 거예요. 제가 암소수학 열등생인 것처럼 아줌마도 엄마 열등생이에요."

"네가 미쳤구나."

"석차 좋아하는 분이니까 석차로 설명해 드릴게요. 아줌만 아직도 아줌마가 전국 학력고사 1등 했던 시절만 생각하고 있나 본데요. 학생으로는 1등이었는지 몰라도 엄마로는 1등 아니었어요."

"무슨 소리야. 난 할 만큼 했어."

"쓸 만큼 쓰신 거겠죠. 학원비를."

"뭐?"

"쿨한 엄마, 바쁜 닥터, 인기 셀럽. 다 좋아요. 근데 못난 딸내미라도 최소한 태어난 걸 축하는 해 줬어야죠. 생일에 축하 카드 한 장 써 준 적 없었잖아요."

"카드? 그깟 카드가 다 뭐라고! 그동안 너한테 들어간 카드 값이 얼만지 알아?"

윤지완이 날카롭게 소리를 질렀다.

"내가 원한 건 신용 카드가 아니라 축하 카드였다고요! 아줌만 그냥 날 억지로 키우는 거 같았어요. 주문해서 받은 옷이 맘에 안 드는데 시간 아까워서 반품도 못 하고, 그래서 그냥 옷장 구석에 처박아 놓고 입지도 않는 옷처럼 날 대했잖아요."

"그래, 솔직해질게. 실망스러웠지만 견뎠어. 네가 번듯한 의대 갈 꿈은 애저녁에 접었다고. 그래도 이렇게까지 망가질 줄은 예상 못 했네. 너한테 들어간 학원비가 아깝다. 그 돈이면 지방에 아파트 한 채는 샀을 텐데 말이야. 아니다, 불우 이웃이나 도울걸 그랬네. 이따위 남자애랑 어울려 노는 불량 청소년인 줄 알았다면 말이야."

윤지완이 비꼬기 시작했다. 미정도 그런 윤지완의 말투를 흉내 냈다.

"건강 멘토 윤지완 교수님. 이 불량 청소년이 제일 많이 먹은 음식이 뭔지 아세요?"

"갑자기 무슨 음식 타령이야."

"오징어짬뽕. 그걸 10년 동안 먹고 살았어요. 암소수학 들어간 아홉 살부터 수능 망친 열아홉 살까지, 밥 먹을 시간이 없어서 교수님이 불량 식품이라고 콕 찍어 주셨던 것만 골라 먹었다고요. 내친김에 하나 더 알려 드릴까요? 올해 제 생일에 진심으로 축하 파티 해 준 사람은 딱 한 명이었어요. 그게 누구게요? 바로 얘예요. 학원가 편의점 알바 백영만이었어요."

"생일 파티는 우리도 했잖아. 이 호텔에서 그 긴 코스 요리도 먹었잖아!"

"미슐랭 받은 스테이크보다 초 하나 꽂은 초코파이라도 좋으니까 맘 편한 축하를 받고 싶었어요. 식구가 왜 식군데요. 밥

같이 먹는 입이 식군데, 우리 네 명은 밥 다 따로 먹잖아요. 엄마는 연구실, 아빠는 레스토랑, 할아버지는 맥도날드, 나는 학원가 길바닥. 이게 무슨 식구예요. 편의점 빵이라도 진심으로 생일 축하해 준 애가 차라리 내 식구예요."

"그래? 그럼 이 알바생이랑 평생 그렇게 편의점 빵이나 먹고 살아."

"그럴게요. 아줌마도 평생 그렇게 단백질 셰이크랑 우울증 약 먹으면서 사세요."

음소거 버튼을 누른 듯 사방이 고요해졌다. 홧김에 뱉은 말이 공기 중에 흩어지자마자 미정은 살짝 후회가 됐다. 약 이야기까진 하지 말걸. 하지만 돌이킬 수 없다. 먼저 시작한 건 윤지완이니까. 망해도 고, 고. 미정은 마침내 이제껏 꾹꾹 참아 왔던 질문을 던지고 말았다. 아주 오랫동안 하고 싶었던 질문을.

"나보고 왜 태어났냐고 묻는 아줌마야말로 왜 엄마가 됐어요?"

윤지완의 두 손이 가늘게 떨렸다. 완벽한 메이크업을 한 얼굴과 달리 두 손에는 윤기가 없었다. 소독약에 절어 건조한 손가락 끝엔 함부로 물어뜯은 것처럼 울퉁불퉁한 손톱이 자리해 있었다.

"대답 못 하시네요. 그냥 들은 걸로 할게요. 야, 백영만. 시간 됐으니까 난 이제 가서 퇴근부 쓸게. 이 유니폼 얼른 벗어 버리고 싶어."

고미정이 힘차게 돌아섰다. 진회색 유니폼이 거의 보이지 않을 때가 되어서야 백영만은 윤지완을 향해 꾸벅 인사한 뒤 미정을 뒤따라갔다. 화살처럼 날아든 수백 개의 시선에 꽂힌 채, 윤지완은 그렇게 한참을 제 목에 걸린 명찰 줄만 부여잡고 서 있었다. 화려한 제스처로 숨겨 왔던, 고미정의 그것과 똑 닮은 손톱을 훤히 드러낸 채.

8장

그루밍

“넌 꼭 크리스마스에 중식 먹자더라?”

박수복이 자장면을 슥슥 비비며 말했다.

“그럼. 이게 우리 집 전통이잖아.”

영만은 제 짬뽕 그릇에서 비싼 해물을 골라 수복 몫으로 덜어 주었다. 어린 영만은 울고 싶은 날마다 괜히 매운 짬뽕을 먹곤 했었다.

“전통은 망할 놈의 전통. 백종민 그 인간이 냅다 도망간 날이니 불도장이나 먹자.”

“오, 박 여사가 어쩐 일로 그런 요리를 먹겠다고 하나? 탕수육도 비싸서 싫다더니.”

“오늘은 내가 쏠게. 퇴직금 받았어.”

“퇴직금?”

“다빈이네 관두고 요양 병원에서 일할 거야. 이 엄마가 요양 보호사 자격증을 땄거든.”

"역시 박 여사 대단해. 그런데 바로 일하게? 힘들지 않겠어? 한 달이라도 쉬지."

"놀면 안 아픈 데가 없어. 집에 있으면 구릿구릿한 옛날 생각만 나고. 별다를 것도 없어. 다빈이 이유식 먹이던 거랑 똑같이 아픈 노인들 죽 먹이고, 그러면서 나도 밥 벌어먹고. 그런 거지."

"이 백영만이가 박수복 여사를 닮아서 생활력이 강한가 봐."

"넌 딱 반반 닮았지. 느이 아부지 놈팡이 유전자 반, 이 박수복이의 무수리 유전자 반. 조합이 좀 이상해지긴 했지만."

"어, 나 아는 애도 자기가 그렇대. 아빠 엄마 유전자 반반이라데."

"또 어떤 여자애냐? 김지우? 이채원? 박지윤?"

"뭐야, 엄마. 내 핸드폰 본 거야?"

"아서라. 내가 니 핸드폰을 왜 보냐. 세상엔 몰라야 좋은 게 더 많은데. 어, 저 사람 참 자주 나오네."

박수복은 친구라도 본 듯이 반가워했다. TV 속 윤지완은 특유의 우아한 표정으로 인터뷰를 하고 있었다. 며칠 전 미정에게 평생 편의점 빵이나 먹고 살라던 이와 같은 사람이라는 게 믿기지 않았다.

"요새 10대들의 식습관이 참 엉망이라죠?"

걱정스러운 표정을 한 사회자의 질문에 윤지완이 고개를 끄

덕였다. 천천히 머리칼을 넘기는 윤지완을 카메라가 클로즈업
했다. 손톱에 베이지색 에나멜이 칠해져 있었다. 얼핏 맨손톱
으로 보일 만큼 자연스러운 컬러였지만, 은은한 광택과 완벽
한 스퀘어 모양, 큐티클 하나 없이 정리된 매무새는 전문가의
손길이 닿은 게 분명해 보였다.

"흔히들 길밥이라고 하죠? 초가공 식품을 길에서 급하게 먹
는 식습관 때문에 우리 청소년들의 건강 지표가 나날이 나빠
지고 있어요. 이런 식습관을 가진 채 성인이 되면 젊은 당뇨나
마른 비만을 비롯한 각종 질환에 노출되기 쉽고요. 아이 키우
는 부모로서, 그리고 국민 건강을 책임지는 의료인으로서 너
무 슬픈 일이에요. 청소년의 건강이야말로 한 사회의 건강 지
표니까요."

지완이 근심 가득한 표정으로 말하자 사회자가 격하게 고개
를 끄덕였다.

"그럼 길밥하는 아이들에게 다시 집밥을 먹여야 할까요?
왜, 예전에는 집밥에 대한 믿음이 있었잖아요. 부엌 아궁이에
불이 꺼지면 그 집엔 온기가 사라진다는."

윤지완이 웃으며 답했다.

"그렇긴 하지만 이제 와서 전통적인 집밥으로 회귀할 순 없
지요. 시대와 라이프스타일이 달라졌으니까요. 그래서 저는 우
리 아이들이 가공식품으로 길밥하는 것보다 좀 더 건강하게

영양분을 섭취할 방법이 없을까 고민해 왔어요. 아시다시피 국민 건강에 선한 영향력을 미치는 게 제 소명이니까요. 수년간의 연구 개발을 거쳐 청소년을 위한 식물성 단백질 셰이크가 나왔는데요. 그게 바로 시청자 여러분들이 지금 보시는 이 제품이랍니다.”

카메라가 다시 셰이크 통을 든 윤지완의 손을 비추었다. 영만은 자기도 모르게 픽 웃고 말았다. 그때 영만의 핸드폰이 울렸다. 화면에 ‘미피’ 두 글자가 떴다. 영만의 얼굴에 핑크빛 화색이 돌았다.

“어, 엄마. 나 전화 좀 받고 올게.”

핸드폰을 흘끔 훔쳐본 박수복이 혀를 찼다.

“미피? 얜 또 누구냐. 여자 친구 다 정리했다며? 이놈이 지 애비 닮아 발랑 까져서는.”

박수복이 잔소리에 박차를 가하려는 때, 날쌘 영만은 이미 중국집 문밖으로 나가고 없었다.

“나 고미정이야.”

“응.”

백영만은 섭섭한 마음에 평소보다 말이 짧게 나갔다.

“화났어?”

“전화도 안 받고, 논술 학원에도 안 나오고. 내가 학원가를 얼마나 헤맸는데.”

"미안. 정신이 없었어. 재수 학원 갈 준비도 해야 했고."

"뭐야? 그때 말한 기숙 학원 가게 되는 거야?"

"응. 호텔에서 그러고 나서…… 엄마가 하루라도 빨리 집 나가래. 꼴도 보기 싫다고. 어중간한 대학에 원서 접수하는 것도 돈 아깝대."

'그렇게 화끈하게 반항하더니 결국 어쩔 수 없는 건가.'

영만은 안타까운 한편 그게 미정의 최선이라고 믿기로 했다.

"언제?"

"오늘. 짐도 다 싸 놔서 이제 출발할 거야."

"하아."

"그래서 마지막으로 전화한 거야. 거기 들어가면 중간에 못 나오거든."

"누구 맘대로 마지막이야. 야, 너 진짜 의리 없다. 고미정."

"의리? 우리가 뭐 그런 거 따질 사이까지는 아니잖아."

"섭섭한 소리 하지 마. 그 뭐냐, 편의점 손님과 알바 사이에도 의리가 있고, 단 하루를 같이 알바했어도 알바생 간의 의리가 있고, 심지어 못난이 김밥 나눠 먹은 밥 친구끼리의 의리도 있는 건데. 내가 너 생일 축하도 해 준 사이잖아."

"그러네."

미정이 힘없이 웃으며 덧붙였다.

"그래서 이렇게 작별 인사하는 거잖아."

"우리 아빠처럼 편지 한 장만 써 놓고 떠나는 걸 나는 작별이 아니라 도망이라고 불러."

핸드폰 너머에서 고미정은 아무 말이 없었다.

"고미정. 내가 어제 너한테 딱 어울리는 걸 샀거든? 크리스마스 선물이라고 생각하고 그것만 받아 가. 응? 올 때까지 기다릴 거야."

"……그래. 그럼 스파르타논술 앞에서 봐. 마침 거기 들렀다 가려고 했어."

영만은 박수복에게 대충 핑계를 대고 버스 정류장을 향해 뛰었다. 박수복은 떨떠름한 표정으로 고개를 끄덕였지만 한마디 날리는 것을 잊지 않았다.

"쏜다는 말 취소. 전통대로 밥값은 네가 내고 가."

학원 근처에 도착하자마자 미정이 보였다. 건물 안에서 캐리어를 끌고 나오고 있었다. 덜덜덜 바퀴 소리를 내며 다가오는 미정의 모습은 거대한 캐리어 때문에 더 작아 보였다. 영만은 일부러 입술을 내밀어 부루퉁한 표정을 지어 보였다. 안 그러면 반가운 마음이 눈치 없이 나댈까 봐.

"고미정 만나기 어렵네."

"미안, 미안. 내가 죄인이야. 죄수생."

"또, 또 자학한다. 근데 그 짐은 뭐야? 바로 출발하게?"

"응, 오늘 저녁까진 입소해야 해서. 고속터미널에서 버스 타고 가면 돼."

"근데 오늘도 수업 들은 거야? 왜 여기서 나와?"

"멸종 방지 캠페인."

"뭐?"

"이 학원에 세상에 몇 안 남은 문학소녀가 한 명 있거든."

"혹시 그때 그 선생님?"

"응. 수업 중이셔서 만나진 못하고, 책만 놓고 왔어."

"무슨 책?"

"이상문학상 작품집. 올해 대상 수상자가 마흔 넘어 등단했더라고. 지친 문학소녀도 희망을 가지시라고. 세상에 한두 명만 남아 있어도 멸종은 아니니까."

"너도 문학소녀잖아. 너가 남아 있으면 멸종할 일이 없지."

"아, 맞아. 날 잊고 있었네."

미정이 피식 웃더니 말을 이었다.

"스카이 진학 실적은 못 올려 드렸으니 이런 거라도 해 드려야지."

잠시 침묵이 흘렀다.

"밥은? 먹었어?"

영만이 물었다.

"넌 진짜 한국인이다. 보면 밥 먹었냐고 물어보고, 밥도 잘 챙겨 먹고."

"밥 중요한 거야, 어? 너 기숙 학원 들어가면 이제 누가 이렇게 밥 챙겨 주겠어?"

"그러게."

씁쓸한 목소리에 영만이 뭐라고 더 말을 붙이려는데 미정이 먼저 입을 열었다.

"있잖아, 영만아. 재네 말이야."

"응?"

미정의 손끝이 에너지 음료를 들고 걸어가는 아이들을 가리켰다.

"평생 신선한 음식을 먹을 일이 있을까? 취직하면 모니터 앞에서 샌드위치 먹고, 결혼하면 새벽 배송된 밀키트 먹고, 나이 들면 실버타운에서 제공되는 도시락 먹을 거 같아. 우리 할아버지는 집에서 드실 수 있는데도 맨날 나가서 드시거든? 이유가 뭔 줄 알아? 사람들 있는 데서 밥 먹고 싶으시대. 텅 빈 집에서 혼자 먹느니 사람들 말소리라도 듣고 싶으시다는 거야. 애들은 애들대로, 어른들은 어른대로 밥 먹는 풍경이 너무 쓸쓸한 거 같아."

영만은 뭐라고 대꾸해야 할지 몰라 가만히 고개를 끄덕였다.

습관처럼 초코바와 카페인 음료를 집어 드는 아이들, 진짜 짬뽕보다 오징어짬뽕을 자주 먹는 고미정, 죄지은 사람처럼 쭈그려 앉아 둥지냉면을 먹는 박수복. 그러면서 스스로를 정성껏 먹이는 법을 점점 잊어 가는 사람들.

"허겁지겁 먹던 아이들이 자라서 헐레벌떡 먹는 어른이 될 테니까. 진짜 밥을 진짜 밥 친구랑 먹는 거, 경험해 본 적이 없으니까. 그러니까 난 네 주스 트럭 응원해. 말로만 선한 영향력, 선한 영향력 하는 어른 말고. 초심 변치 말고 애들한테 맛있는 거, 좋은 거 주는 어른이 되어 줘."

"뭐야. 진지하게 그러니까 진짜 작별하는 거 같잖아."

"너무 분위기 잡았나? 알았어. 그럼 준다던 크리스마스 선물이나 얼른 줘."

"아, 까먹을 뻔했다. 이거야."

영만이 불룩한 주머니에서 뭔가를 꺼냈다.

"망고네."

그것을 받아 든 미정은 뜻밖의 감촉에 깜짝 놀랐다.

"뭐야? 엄청 물컹해."

"만지는 망고야. 주무르고 있으면 마음이 편해진대."

"아, 스트레스 볼이구나."

"응, 기숙 학원에서 스트레스 받으면 괜히 손톱 깨물지 말고 이거 만져 봐."

"고마워. 손톱 못생긴 거 들켰네. 하긴 뭐 손톱만 못났나? 못남 그 자체지. 네가 봐도 나 진짜 한심하지? 엄마한테 말대꾸 좀 하나 싶더니 쪼르르 기숙 학원이나 들어가고."

"무슨 소리야. 너 안 못났어. 엄마한테 반항할 땐 심하게 멋있었고."

두 사람의 눈이 마주쳤다. 어색함을 견디지 못한 미정이 시선을 돌렸다. 그러고는 작은 목소리로 말했다.

"온 김에 모찌 한번 보고 버스 타러 갈래."

"모찌? 나도 같이 가."

두 사람은 약간의 거리를 두고 그루밍을 향해 걸었다. 금세 도착한 펫숍 앞에서 두 사람은 다시 서로를 처다볼 수밖에 없었다. 모찌가 있던 칸이 텅 비어 있었다. 인적, 아니 견적 사항이 적힌 종이만 쓸쓸하게 남아 있었다.

"모찌 어디 갔지?"

"그러게. 며칠 전에 너 찾으러 왔을 땐 분명히 봤는데."

"설마 분양된 건가? 그러면 잘된 일이지만."

"잠깐만. 이것 좀 봐!"

영만이 가게 문 앞에 붙어 있는 전단지를 가리켰다.

크리스마스 기념 장기 재고 할인 분양!

하자 없고 똥꼬발랄한 왕자님 공주님 데려가세요.

가격은 일괄 298,000원!

혈통 좋은 애완견 배출하는 농장 출신!

성견 시 사이즈도 스몰 보장입니다.

동상처럼 서 있던 미정이 갑자기 가게 문을 벌컥 열고 들어갔다. 깜짝 놀란 영만이 뒤를 따랐다.

"야, 어쩌려고. 고미정!"

"조용히 해!"

호텔 알바 이후로 미정은 제 성격이 다혈질이라는 걸 알게 되었다. 나이 열아홉에 발견하게 된 자아였다. 이래서 중2병이 중2에 오면 다행이라고 하는 걸까.

"아저씨. 맨 아랫줄 말티푸 어디 갔어요?"

패드 위의 개똥을 줍고 있던 남자가 미정을 흘긋 돌아봤다.

"아, 걔요? 걔는 문의조차 없어서 농장으로 반품했어요."

"네?"

"걔보다 어리고 예쁜 애들 많은데. 한번 둘러보세요. 학생이신 것 같은데, 조금 깎아 드릴게요."

사정을 모르는 남자가 상냥하게 속을 긁었다. 미정의 손에 쥐인 망고가 금방이라도 터질 것처럼 울룩불룩해졌다.

"됐어요."

미정이 짧게 말하고 돌아서려는데 남자가 붙잡았다.

"아, 정말 싸게 해 드릴게요. 아까 말씀하신 개는 솔직히 할인해서도 팔기 좀 민망한 퀄리티인데, 다른 애들은 정말 남는 거 하나 없는 가격이에요."

미정의 손이 미세하게 떨렸다. 망고를 쥐었다 펴며 심호흡

을 하는데, 남자는 미정이 망설인다고 생각했는지 더 적극적
으로 나섰다.

"이 친구는 어때요? 예쁘죠? 완전 새끼인데 혈통도 좋은 애
예요, 애가."

"……그럼 아저씨는 어리지도 않고 예쁘지도 않은데 얼마까
지 할인돼요?"

"뭐라고?"

"안 들리셨어요?"

"아니, 이게 미쳤나. 새파랗게 어린 게."

"칭찬 감사합니다. 강아지나 사람이나 어린 게 최고죠?"

남자가 주말 드라마 속 회장님처럼 뒷목을 잡았다. 안 되겠
다 싶어진 영만이 얼른 끼어들었다.

"사장님, 죄송해요. 이 친구가 재수생이라 감정 조절이 안
돼서. 지금 기숙 학원 가는 길이거든요."

캐리어를 본 남자가 입 모양으로 욕을 했다. 그 사이에 영만
이 미정의 손을 잡고 가게 밖으로 나왔다.

"워워, 흥분 좀 가라앉혀. 고미정, 너 왜 이렇게 변했어. 요새
반항기야?"

"나 그날 호텔 알바 끝나고 밤새 앓았어. 열이 38도 9부까지
올라갔거든? 그런데도 엄마는 아는 척도 안 하고 출근하더라.
나 혼자 편의점 가서 미피 우유를 사 마셨어. 그러다 사레가

들려 버린 거야. 기껏 마신 걸 싹 다 토했어. 그러고 나니까 속이 시원하고 웃음이 나더라? 네가 그랬잖아. 미피 보면 깝깝하다고. 왜 저렇게 입을 엑스 자로 꿰매고 있냐고. 내 입이 그렇게 막혀 있다가 터졌나 봐. 나 이제 뚫린 입으로 말 좀 하고 살려고."

"아무리 그래도 이 정도로 빨리 변하면 내가 어지러운데. 정신이 혼미한 게 반한 거 같아."

"시끄러. 너 그 시도 때도 없이 플러팅 남발하는 버릇 고쳐야 돼. 내가 이 말도 참다 참다 하는 거야. 거짓말은 저 전단지처럼 나쁜 거라고."

미정이 가게 앞에 붙은 전단지를 가리켰다. 영만이 억울하단 표정을 지었다.

"거짓말 아닌데."

"반하긴 개뿔. 똥꼬발랄은 개뿔. 모찌 개 완전 게으르고 무기력한 거 너 알지? 그리고 딱 봐도 순종 아니었어. 크면서 사이즈도 커질 게 분명해. 그러니까 한참 전부터 그 가격에 내놨지! 뭐? 왕자님 공주님? 세상에 29만 원짜리 왕족이 어디 있는데! 암소수학 하급반에 이름만 일품 붙여 놓는 거랑 똑같아. 그래도 생명인데, 사랑받아 보겠다고 태어났는데, 유통 기한 지난 모찌 취급하면서 반품하는 게 어딨어."

"반했다는 거 진짜 거짓말 아닌데. 나……."

영만이 평소답지 않게 어물거렸다. 그러거나 말거나 미정은 모찌의 빈자리만 뚫어져라 바라보고 있었다. 몇 분이나 그러고 있었을까. 미정이 뭔가 결심한 듯 망고를 꽉 쥐었다.

"야, 백영만. 너 호텔 알바비 받은 거 다 썼어?"

"쓰긴. 잘 모셔 놨지."

"잘됐네. 그거 내 알바비랑 합쳐서 모찌 데려오자. 29만 8000원. 딱 모찌 몸값이야."

"뭐?"

"나 어릴 때 소아정신과에서 반려견 키워 보라는 이야기 들었거든. 엄마가 안 해 줬으니까 내가 셀프 처방하려고. 모찌, 내가 농장에서 데려올래."

"농장이 어딘 줄 알고?"

"여기 적혀 있잖아. 춘천 메가도그."

"그래서 학원 대신 농장에 가겠다고?"

"그래. 이렇게 된 거 가출이나 해 보지, 뭐. 집에서 쫓겨났는데 개 안고 집에 가는 가출. 집 없는 개한테 집 만들어 주는 가출. 이상한 집구석이니까 가출도 이상한 게 어울리지 않아?"

"너 진짜 괜찮겠어?"

"아니. 당연히 안 괜찮겠지. 그래도 가짜 괜찮은 거보단 그게 나을 거 같아. 게다가 오늘은 크리스마스잖아. 모찌 개 생일이란 말이야."

영만이 다시 플라스틱 박스를 쳐다보았다.

"진짜네."

"생일엔 무조건 축하 노래를 들어야 한다며. 우리가 데려와서 불러 줘야 해. 태어나느라 수고했다고."

"고미정……."

"그 노래 만든 망고 소년. 그거 너 맞지? 그런 엉터리 곡을 너 말고 누가 작사 작곡했겠어. 얼른 가자, 백영만. 너희 집 가훈, 망해도 고라며."

"그래도 이건 너무 갑작스러운데."

"야, 내가 처음부터 일당 받아서 하고 싶은 거 있다고 말했잖아."

"……그때 말했던 방 탈출이 그럼?"

"그래, 백영만. 바로 이거였어. 모찌는 그루밍 탈출, 고미정은 대치동 탈출."

멍하니 서 있던 영만이 미정의 못생긴 손을 꼭 잡았다.

"그래, 고미정. 망해도 고!"

"고, 고!"

두 사람은 전에 없이 환해 보이는 학원가 골목길을 씩씩하게 걸어 나가기 시작했다.

　생일날에 시험을 망친 아이는 얼마나 배가 고플까요. 그 아이는 짜디짠 라면을 삼키고 다디단 음료를 마셔 봅니다. 그때, 훤칠하게 잘생긴 알바생이 나타나 폐기 직전의 보름달 빵을 내밀어 줍니다.

　성탄절에 아빠가 도망간 아이는 또 얼마나 배가 고플까요. 그 아이는 짠내 나는 알바를 하며 달콤한 꿈을 먹고 삽니다. 그때, 손톱이 못생긴 여학생이 나타나 단종된 못난이 김밥을 나눠 먹게 됩니다.

　각자의 허기를 가진 아이들, 그래서 덜 자라거나 웃자라 버린 이 아이들이 오래 서로의 밥 친구가 되길 바라며 세상 밖으로 내보냅니다. 이들의 밥상에 독자 여러분도 함께 둘러앉을 수 있다면 더 좋겠습니다.

　마지막으로, 이 밥상을 마련하는 내내 새콤매콤달콤한 조언과 지혜를 베풀어 주신 차소영 편집자님과 우리학교 출판사에 감사를 표합니다.

우신영

대치동 1등급 고미정이 망하면

초판 1쇄 펴낸날　2026년 4월 13일

지은이　우신영
펴낸이　홍지연

편집　홍소연 김선아 차소영 이예은 서경민
디자인　이정화 박태연 정든해 이설
마케팅　강점원 원숙영 김신애 김가영 김동휘
경영지원　정상희 배지수
저작권　한지훈

펴낸곳　(주)우리학교
출판등록　제313-2009-26호(2009년 1월 5일)
제조국　대한민국
주소　04029 서울시 마포구 동교로12안길 8
전화　02-6012-6094
팩스　02-6012-6092
홈페이지　www.woorischool.co.kr
이메일　woorischool@naver.com

ⓒ우신영, 2026
ISBN 979-11-6755-379-9　43810

• 책값은 뒤표지에 적혀 있습니다.
• 잘못된 책은 구입한 곳에서 바꾸어 드립니다.

만든 사람들
편집　　차소영
디자인　정든해